GOLDMANN

Buch

Der Sohn vom dünnen Mann schreibt Gedichte, was ihn allerdings nicht davon abhält, einen äußerst geschickt eingefädelten Juwelenraub aufzuklären. Die erste Story des vorliegenden Bandes, »Ein Mann namens Thin«, erschien erstmals im Frühjahr 1961 in *Ellery Queen's Mystery Magazine*, einen Monat nach Hammetts Tod und gut dreißig Jahre nach der Niederschrift. Noch einmal mehr als dreißig Jahre später gibt es die Geschichte nun auch auf deutsch, zusammen mit acht weiteren Stories, die hiermit zum ersten Mal im Taschenbuch vorliegen und über die Patricia Highsmith schrieb: »Hammett war sicher der Inbegriff harter amerikanischer Krimi-Literatur. Sein Ziel war Unterhaltung und Action ohne verzierendes Drumherum. Die Geschichten, die er selbst nicht für sehr lohnend hielt, waren so seine kleinen Edelsteine, irgendwo verstreut – manche wurden gefunden, und manche bleiben für immer verschwunden.«

Autor

Dashiell Hammett (1894–1961) arbeitete mehrere Jahre für die Pinkerton-Detektivagentur und veröffentlichte 1922 seine erste Geschichte in der Zeitschrift *Smart Set*. Seine wegweisenden Romane *Rote Ernte* (1929), *Der Fluch des Hauses Dain* (1929), *Der Malteser Falke* (1930), *Der gläserne Schlüssel* (1931) und *Der dünne Mann* (1934) loteten alle Spielarten der sogenannten hartgesottenen Schule aus und gelten heute als Klassiker der realistischen amerikanischen Literatur. »Hammett nahm die venezianischen Vasen aus den Mordgeschichten heraus und warf sie in den Mülleimer«, befand sein Bewunderer Raymond Chandler. »Seine Sprache war knapp, dürftig, schroff, aber immer wieder tat er das, was nur die besten Schriftsteller überhaupt können. Er schrieb Szenen, wie sie vorher nie geschrieben worden zu sein schienen.«

Dashiell Hammett im Goldmann Verlag:
Der Komplize. Neu entdeckte Stories (41181)

Dashiell Hammett

Der schwarze Hut

Neu entdeckte Stories

Aus dem Amerikanischen
von Benjamin Schwarz

GOLDMANN VERLAG

Die Geschichten dieses Bandes erschienen zumeist erstmals in den zwanziger und dreißiger Jahren in unterschiedlichen Kriminalmagazinen. Übersetzungsgrundlage für die vorliegende Sammlung bilden die späteren Buchausgaben »The Return of the Continental OP«, Spivak, New York 1945 (»Nur eine Stunde«), »Woman in the Dark«, Spivak, New York 1951 (»Angst«, »Feuerteufel«, »Urlaub«, »Der Mann, der im Weg stand«, »Der schwarze Hut, der gar nicht da war«) und »A Man Named Thin«, Ferman, New York 1962 (»Ein Mann namens Thin«, »Wem das Glück lacht ...«, »Der Friseur und seine Frau«).

Der Goldmann Verlag
ist ein Unternehmen der Verlagsgruppe Bertelsmann

Made in Germany · 1. Auflage · 4/92
Genehmigte Taschenbuchausgabe

Umschlaggestaltung und -illustration: Design Team München
Druck: Elsnerdruck, Berlin
Verlagsnummer: 41182
Lektorat: Sky Nonhoff
Herstellung: Ludwig Weidenbeck
ISBN 3-442-41182-3

Der schwarze Hut

Inhalt

Ein Mann namens Thin

Papa hatte, mag man mich auch für einen unehrerbietigen Sohn halten, wenn ich das sage, eine abscheuliche Laune. Sein Kinn reckte sich mir über dem Schreibtisch in einer Weise entgegen, die fast die Bezeichnung »brutal« gerechtfertigt hätte, wie es einmal von einem unfreundlichen Journalisten genannt worden war; und sein Schnurrbart schien aus Zorn ganz von allein zu Berge zu stehen, auch wenn das nur mein Eindruck war. Es wäre lachhaft, eine wirkliche Veränderung an seinem Schnurrbart zu konstatieren, der, ganz gleich, wie Papa gelaunt war, sich immer ziemlich ungebärdig sträubte.

»Du spielst also immer noch mit diesem verdammten Quatsch herum?«

Auf Papas Schreibtisch, unter einer seiner Hände, lag ein Brief, der, wovon mich seine eigentümliche Form und Farbe augenblicklich in Kenntnis setzte, vom Redakteur des *Jongleur* stammte, dem ich einige Tage zuvor eines meiner Sonette geschickt hatte.

»Wenn du meine Schriftstellerei meinst – «, antwortete ich respektvoll, aber nichtsdestoweniger standhaft; da mein dreißigster Geburtstag bereits einige Monate zurücklag, sah ich mich zu einer gewissen Freiheit bei meinen Vorhaben berechtigt, auch wenn sie Papa zuwider sein mochten. »Wenn du meine Schriftstellerei meinst, Papa, so versichere ich dir, ich spiele nicht herum, sondern mir ist es damit vollkommen ernst.«

»Aber warum in ...« – sollte ich hin und wieder, wenn ich Papas Äußerungen zitiere, das nur verkürzt tun, dann nicht deshalb, das bitte ich Sie mir zu glauben, weil er zu Ungereimtheiten neigt, sondern schlicht deshalb, weil er es des öfteren für angebracht hält, die Liebenswürdigkeit im Gespräch dem zu opfern, was er für Lebhaftigkeit des Ausdrucks hält – »mußt du ausgerechnet auf Gedichte verfallen? Gibt's nicht genügend andere Dinge, über die man schreiben kann? Hör mal, Robin, du könntest doch ein paar gute, ernsthafte Artikel über unsere Arbeit verfassen, Artikel, die der Öffentlichkeit die Wahrheit darüber zur Kenntnis bringen und gleichzeitig noch ein bißchen Reklame für uns machen.«

»Man schreibt, wozu man sich gedrängt fühlt«, begann ich nicht allzu hoffnungsvoll, denn dies war keineswegs das erste Mal, daß ich so ansetzte. »Der schöpferische Drang darf nicht gezwungen werden –«

»Florence!«

Ich sage nicht gern, daß Papa bellte, aber

schwächere Synonyme drücken nicht hinreichend die Lautstärke aus, die er auf den Vornamen unserer Stenotypistin verwandte, auf dem er bei ihrer Anrede bestand.

Miss Queenan erschien in der Tür – eine ungewohnte Miss Queenan, die nicht sogleich mit dieser wilden Mischung aus Respektlosigkeit und Selbstbewußtsein an Papas Schreibtisch marschiert kam, die wir, ganz wie es unserer Generation von der Presse in ihrer Neigung zu übertreiben immer wieder eingeredet wird, bereits für normal halten. Sie blieb vielmehr dort stehen und wartete, daß Papa ihr seine Aufmerksamkeit zuwandte.

»Ab sofort, Florence, sorgen Sie bitte dafür, daß mein Schreibtisch nicht mit Briefen überhäuft wird, die sich um die Reimereien meines Sohnes drehen!«

»Ja, Mr. Thin«, erwiderte sie mit einer Stimme, die sich überraschend sanft anhörte für eine Frau, die es gewohnt ist, mit Papa zu reden, als gehöre sie zur Familie.

»Mein lieber Papa«, versuchte ich einzuwenden, als sich Miss Queenan zurückgezogen hatte, »ich denke wirklich –«

»Sag nicht ›lieber Papa‹ zu mir! Und von Denken kann bei dir doch keine Rede sein! Niemand, der denkt, könnte sich als so ein ...«

Es hätte wenig Sinn, Papas Worte im einzelnen zu wiederholen. Sie waren zum größten

Teil völlig übertrieben, und nicht einmal mein tiefsitzendes Gefühl für Anstandsformen zwischen Sohn und Vater konnte mich davor bewahren, daß mein Gesicht ein wenig von der Verstimmung zeigte, die ich empfand: Aber ich hörte ihn schweigend bis zu Ende an, und nachdem er seinen letzten Satz damit unterstrichen hatte, daß er mir den Brief vom *Jongleur* an den Kopf warf, ging ich in mein Büro zurück.

Der Brief, der durch die Nachlässigkeit des Redakteurs auf Papas Schreibtisch gelandet war, weil er das »jr.« hinter meinem Namen vergessen hatte, befaßte sich mit dem Sonett, das ich bereits erwähnte – einem Sonett mit dem Titel »Falsche Tränen«. Der Redakteur war der Meinung, daß das abschließende Verspaar, das er in seinem Brief zitierte, nicht meinem, wie er es höflich formulierte, übrigen Niveau entspreche, und er forderte mich auf, es umzuschreiben und dem Ton der vorangehenden Verse besser anzupassen, im Vergleich zu denen es, meinte er, ein bißchen zu ernst geraten sei.

»Und funkeln dort wohl falscher kaum
Als Weihnachtsschmuck am gift'gen
Upasbaum.«

Während ich mein Reimlexikon hinter Groß' »Kriminalpsychologie« hervorholte, wo ich es um des lieben Friedens willen normalerweise versteckt hielt, erinnerte ich mich, daß ich selbst mit diesen beiden Versen nicht sonderlich zufrieden gewesen war, nur waren mir trotz wiederholter Versuche keine passenderen eingefallen. Und als ich jetzt die Mittagssirenen heulen hörte, holte ich meinen Durchschlag des Sonetts hervor und beschloß, die Ruhe der Mittagspause dazu zu verwenden, mir ein anderes Gleichnis auszudenken, welches das Thema Widersprüchlichkeit in einem unbeschwerteren Ton umschreiben würde.

Ich machte mich an die Arbeit und tauchte dabei derart tief in mein Inneres, daß ich mich, als ich Papas Stimme mit einer solchen Lautstärke »Robin!« rufen hörte, daß die drei zwischen uns liegenden Trennwände leicht vibrierten, wie vom Schlaf erhob, wobei mich der Verdacht beschlich, daß der erste Ruf, den ich gehört hatte, nicht Papas erster Ruf gewesen war. Der Verdacht bestätigte sich, als ich, nachdem ich Papier und Bücher verstaut hatte, in sein Büro eilte.

»Zu sehr beschäftigt, dem Gezwitscher der kleinen Vögelchen zu lauschen, um mich zu hören?« Aber dieses Geraunze war nur vordergründig; sein Blick war recht vergnügt, so daß ich in gewisser Weise auf das, was kommen würde, vorbereitet war. »Barnable ist überfallen worden. Geh mal hin.«

Barnables Juweliergeschäft war sechs Blocks von unserem Büro entfernt, und eine nahe Straßenbahn brachte mich hin, ehe Papas knappe Anweisung auch nur fünf Minuten alt war. Der Laden, der ziemlich klein war, nahm einen Teil vom Erdgeschoß des Bulwer Building ein, an der Nordseite der O'Farrell Street, zwischen Powell und Stockton Street. Die Nachbarläden im Erdgeschoß dieses Gebäudes waren, wenn man ostwärts auf die Stockton Street zuging, ein Herrenausstatter (in dessen Schaufenster ich übrigens einen bezaubernden lavendelfarbenen Morgenrock entdeckte), ein Friseur und ein Tabakwarengeschäft; und wenn man in Richtung Westen auf die Powell Street zuging, kam man am Haupteingang und Foyer des Bulwer Building, einer Apotheke, einem Hutgeschäft und einem Schnellrestaurant vorbei.

An der Tür zum Juweliergeschäft war ein uniformierter Polizist diensteifrig damit beschäftigt, eine neugierige Menschenmenge, vor allem wahrscheinlich Leute, die gerade Mittagspause hatten, daran zu hindern, entweder den Bürgersteig zu blockieren oder in den Laden einzudringen. Als ich mir einen Weg durch die Menge bahnte, nickte ich dem Polizisten zu, nicht weil ich ihn persönlich kannte, sondern weil ich aus Erfahrung wußte, daß ein freundliches Nicken oft Fragen zuvorkommt, und betrat das Geschäft.

Detective Sergeant Hooley und Detective Strong vom Raubdezernat standen im Laden.

Hooley hielt in einer Hand eine dunkelgraue Mütze und eine kleine Automatikpistole; weder Mütze noch Pistole schienen einem von denen zu gehören, mit denen die beiden Kriminalbeamten sprachen: Mr. Barnable, Mr. Barnables Gehilfe sowie zwei Männer und eine Frau, die ich nicht kannte.

»Guten Morgen, meine Herren«, wandte ich mich an die Kriminalbeamten. »Darf ich an den Ermittlungen teilnehmen?«

»Ah, Mr. Thin!«

Sergeant Hooley war ein breiter, massiger Mann, dessen breiter Mund nichts dazutat, seine Worte zu artikulieren, als daß er sich öffnete, um sie herauszulassen, so daß sie ziemlich schluderig aus der formlosen Öffnung in seinem geröteten Gesicht hervorquollen. Seine Miene zeigte, als hätte ich zuvor das Wort an ihn gerichtet, einen auf schwer definierbare Weise spöttischen Ausdruck – als gebe er, mit dem Vorsatz, mich zu ärgern, vor, an mir, an der unbedeutendsten Äußerung oder Tätigkeit von mir etwas Belustigendes zu entdecken. Dieselbe Absicht war dem betonten »Mister« zu entnehmen, das er beharrlich meinem Namen voranstellte, ungeachtet der Tatsache, daß er Papa Bob nannte, eine Vertraulichkeit, von der ich mich nur zu gern verschont sah.

»Wie ich eben schon zu dem Verein hier sagte, ist Teilnahme genau das, was wir brauchen«, strapazierte Sergeant Hooley seinen ziemlich schwerfälligen Witz. »Irgendein unehrlicher Dieb hat den Laden ausgeraubt. Wir sind mit den Befragungen fast durch, aber Sie sehen aus wie einer, der ein Geheimnis für sich behalten kann, deshalb habe ich nichts dagegen, Sie in den ganzen Käse einzuweihen, wie wir im guten alten Harvard zu sagen pflegten.«

Ich bin nicht mit den Schrullen in Sergeant Hooleys Hirn vertraut, die den Besuch gerade dieser Universität für ihn zu einer so komischen Geschichte machen; auch kann ich nicht begreifen, warum er ein so großes Vergnügen darin findet, diesen berühmten Ort der Gelehrsamkeit vor mir zu erwähnen, der ich, wie ich ihm zu erklären mir des öfteren die Mühe gemacht habe, eine völlig andere Universität besucht habe.

»Passiert ist offensichtlich dies«, fuhr er fort, »daß nämlich irgendein schräger Vogel ganz allein hier reinkam, seine Pistole auf Mr. Barnable und seinen Gehilfen richtete, alles rausnahm, was im Safe lag, und das Weite suchte, wobei er ein paar Leute über den Haufen rannte, die ihm in die Quere kamen. Er lief dann zur Powell Street hoch, sprang in einen Wagen, und was möchten Sie sonst noch wissen?«

»Wann ist das Ganze passiert?«

»Kurz nach zwölf, Mr. Thin – nicht mehr als allerhöchstens ein paar Minuten danach«, sagte

Mr. Barnable, der um die anderen herum an meine Seite getreten war. Die braunen Augen in seinem runden, braunen Gesicht waren vor Aufregung kreisrund, wenn auch nicht besonders traurig, denn er war gegen Diebstahl versichert, und zwar bei der Gesellschaft, in deren Auftrag ich jetzt tätig wurde.

»Julius und ich mußten uns hinter dem Verkaufstisch auf den Boden legen, während er den Safe ausraubte, und dann ist er rückwärts raus. Ich sag zu Julius, er soll mal aufstehen und nachsehen, ob er weg ist, aber genau in dem Moment schießt er auf mich.« Mr. Barnable zeigte mit einem spitzigen Finger auf ein kleines Loch in der hinteren Wand, nicht weit von der Decke. »Deshalb ließ ich Julius dann nicht aufstehen, bis ich sicher war, daß der Räuber weg war. Dann rief ich bei der Polizei und in Ihrem Büro an.«

»War noch jemand, abgesehen von Ihnen und Julius, im Laden, als der Räuber hereinkam?«

»Nein. Wir hatten seit vielleicht fünfzehn Minuten keinen Kunden mehr gehabt.«

»Würden Sie den Räuber identifizieren können, wenn Sie ihn wiedersähen, Mr. Barnable?«

»Würde ich das? Sagen Sie, Mr. Thin, würde Carpentier Dempsey wiedererkennen?«

Diese Gegenfrage, die anscheinend völlig widersinnig war, sollte wohl eine Zustimmung sein.

»Beschreiben Sie ihn mir freundlicherweise, Mr. Barnable.«

»Er war vielleicht vierzig Jahre alt und sah brutal aus, ein Kerl ungefähr von Ihrer Größe und Erscheinung.« Ich bin, was Körpergröße und -gewicht betrifft, von durchschnittlichen Maßen, und mein Aussehen könnte am besten als mittelmäßig bezeichnet werden, es war also nichts irgendwie Eigentümliches daran, daß ich in diesen Punkten dem Räuber ähnlich sah; trotzdem hatte ich das Gefühl, es sei ziemlich taktlos, daß der Juwelier darauf hinwies. »Sein Mund war irgendwie nach innen gestülpt, er hatte kaum Lippen, und seine Nase war lang und ziemlich platt, und an einer Gesichtsseite hatte er eine Narbe. Ein richtig übler Bursche!«

»Würden Sie die Narbe etwas näher beschreiben, Mr. Barnable?«

»Sie war hinten an der Wange, nahe am Ohr, und kam unter seiner Mütze hervor und lief bis runter zum Kieferknochen.«

»Welche Wange, Mr. Barnable?«

»Die linke«, sagte er zögernd und sah Julius an, seinen jungen Gehilfen mit den scharf geschnittenen Gesichtszügen. Als Julius nickte, sagte der Juwelier noch einmal mit Bestimmtheit: »Die linke.«

»Was hatte er an, Mr. Barnable?«

»Einen blauen Anzug und die Mütze da, die der Sergeant in der Hand hat.«

»Augen- und Haarfarbe, Mr. Barnable?«

»Sind mir nicht aufgefallen.«

»Was genau hat er gestohlen, Mr. Barnable?«

»Ich hatte noch keine Zeit, das zu überprüfen, aber er nahm alle ungefaßten Steine, die im Safe waren – fast alles Diamanten. Er muß Sachen im Wert von mindestens fünfzigtausend Dollar gestohlen haben!«

Ich erlaubte mir, ein angedeutetes Lächeln auf meine Lippen treten zu lassen, während ich den Juwelier kühl betrachtete.

»Falls es uns nicht gelingt, die Steine wiederzubekommen, Mr. Barnable, ist Ihnen ja wohl klar, daß die Versicherungsgesellschaft Belege über den Ankauf jedes fehlenden Stücks verlangen wird.«

Er zappelte nervös herum und legte sein rundes Gesicht in besorgte Falten.

»Na, also Sachen im Wert von fünfundzwanzigtausend Dollar hat er auf jeden Fall mitgenommen, und wenn's das allerletzte wäre, was ich noch auf der Welt zu sagen hätte, Mr. Thin, auf mein Ehrenwort als Gentleman.«

»Hat er außer den ungefaßten Steinen noch etwas mitgenommen, Mr. Barnable?«

»Die Steine und das Geld, das im Safe lag – ungefähr zweihundert Dollar.«

»Würden Sie bitte sofort eine Liste aufstellen, Mr. Barnable, auf der jeder fehlende Gegenstand so genau wie möglich beschrieben wird? So, und was teilen uns die Aussagen darüber mit, Sergeant Hooley, was der Räuber anschließend getan hat?«

»Tja, anschließend ist er als erstes mit Mrs. Dolan zusammengeprallt, als er entwischte. Es scheint, sie war –«

»Mrs. Dolan hat bei uns ein Konto«, rief der Juwelier aus dem Hintergrund des Ladens, wohin er und Julius sich zurückgezogen hatten, um meiner Bitte nachzukommen. Sergeant Hooley zuckte mit seinem Daumen zu der Frau hinüber, die zu meiner Linken stand.

Es war eine Frau von kaum vierzig Jahren mit humorvollen braunen Augen in einem gesunden, rosigen Gesicht. Ihre Kleidung, obgleich gepflegt, war keineswegs neu oder modisch, und ihr ganzes Äußeres war so beschaffen, daß einem unwillkürlich das Eigenschaftswort »tüchtig« in den Sinn kam, eine Bezeichnung, die zusätzlich gerechtfertigt erschien durch die knackige Frische des Salats und des Sellerie, die oben aus der Einkaufstasche hervorguckten, die sie in ihren Armen hielt.

»Mrs. Dolan ist Hauswartsfrau in einem Wohnhaus in der Ellis Street«, beendete der Juwelier seine Vorstellung, während die Frau und ich uns lächelnd zunickten.

»Danke Ihnen, Mr. Barnable. Fahren Sie fort, Sergeant Hooley.«

»Danke *Ihnen*, Mr. Thin. Scheint, daß sie hereinkam, um eine Rate für ihre Uhr zu bezahlen, und als sie eben einen Fuß in die Tür setzen wollte, stieß dieser Räuber rückwärts mit ihr zusammen, woraufhin beide hinfielen. Mr. Knight hier sah das Durcheinander, lief herbei, schlug auf den Gangster ein, der dabei Mütze und Pistole verlor, und verfolgte ihn die Straße hinunter.«

Einer der anwesenden Männer lachte, jedes Lob von sich weisend, an seiner erhobenen, sonnengebräunten Hand vorbei, in der er ein Paar Handschuhe hielt. Er war ein wettergegerbter, athletischer Typ, groß und breitschultrig, und trug einen lose sitzenden Tweedanzug.

»Meine Rolle war gar nicht so heldenhaft, wie es sich anhört«, protestierte er. »Ich stieg gerade aus meinem Wagen und wollte rüber zum Orpheum, um Karten zu kaufen, als ich sah, wie diese Dame und der Mann zusammenstießen. Ich überquerte den Bürgersteig, um ihr aufzuhelfen, und nichts lag mir ferner als der Gedanke, daß der Mann ein Bandit sei. Doch dann sah ich schließlich seine Pistole, und er war tatsächlich drauf und dran, auf mich zu schießen. Ich mußte ihm einen Schlag versetzen, und das gelang mir zum Glück gerade, als er abdrückte. Als ich mich von meinem Schrecken erholt hatte, sah ich, daß er die Pistole fallengelassen hatte und die Straße hinunterlief. Ich rannte hinterher, aber es war schon zu spät. Er war weg.«

»Danke Ihnen, Mr. Knight. Also, Sergeant Hooley, Sie sagen, der Räuber entkam in einem Wagen?«

»Danke Ihnen, Mr. Thin«, sagte er lächerlicherweise, »das sagte ich. Mr. Glenn hier hat ihn gesehen.«

»Ich stand an der Ecke«, sagte Mr. Glenn, ein dicklicher Mann mit der Miene, so könnte man sagen, eines erfolgreichen Geschäftsmannes.

»Entschuldigen Sie, Mr. Glenn, an welcher Ecke?«

»An der Ecke Powell und O'Farrell«, sagte er, ganz so, als hätte ich das wissen müssen, auch ohne daß man es mir sagte. »An der nordöstlichen Ecke, wenn Sie's ganz genau wissen wollen, nahe der Gebäudegrenze. Dieser Gangster kam die Straße lang und stieg in ein Coupé, das die Powell Street rauffuhr. Ich schenkte ihm nicht viel Aufmerksamkeit. Falls ich den Schuß gehört habe, muß ich ihn wohl für eine Fehlzündung gehalten haben. Ich hätte den Mann gar nicht bemerkt, wenn er nicht ohne Hut gewesen wäre, aber es war der Mann, den Mr. Barnable beschrieben hat – die Narbe, der eingefallene Mund und alles.«

»Können Sie mir die Marke oder die Zulassungsnummer des Wagens sagen, in den er gestiegen ist, Mr. Glenn?«

»Nein. Es war ein schwarzes Coupé, das ist alles, was ich weiß. Ich denke, es kam von der

Market Street her. Ich glaube, ein Mann saß am Steuer, aber ich habe nicht gesehen, ob er jung oder alt war, oder sonst was an ihm bemerkt.«

»Schien der Räuber aufgeregt zu sein, Mr. Glenn? Sah er sich um?«

»Nein, er war so gelassen, wie Sie nur wollen, schien es nicht mal eilig zu haben. Er spazierte einfach die Straße entlang, stieg in das Coupé und sah dabei weder nach rechts noch nach links.«

»Danke Ihnen, Mr. Glenn. So, kann jemand von Ihnen Mr. Barnables Beschreibung des Verbrechers ergänzen oder berichtigen?«

»Seine Haare waren grau«, sagte Mr. Glenn, »eisengrau.«

Mrs. Dolan und Mr. Knight pflichteten dem bei, wobei erstere hinzufügte: »Ich denke, er war älter, als Mr. Barnable gesagt hat, näher an fünfzig als an vierzig, und seine Zähne waren vorn braun und faulig.«

»Das stimmt, jetzt, wo Sie's sagen«, sekundierte Mr. Knight.

»Gibt's sonst noch irgendwelche Erkenntnisse in der Sache, Sergeant Hooley?«

»Absolut keine. Die Streifenwagen sind auf der Suche nach dem Coupé, und ich nehme an, wenn die Zeitungen erscheinen, werden sich noch mehr Leute melden, die was gesehen haben, aber Sie wissen ja, wie die Leute sind.«

In der Tat. Eine der beklagenswertesten Seiten der Verbrechensaufklärung ist die Riesenmenge an Zeit und Energie, die auf die Überprüfung von Aussagen verwandt wird, die von Leuten gemacht werden, die aufgrund schierer Halsstarrigkeit, Dummheit oder ins Kraut schießender Phantasie beharrlich alles, was sie zufällig gesehen haben, mit dem Verbrechen in Verbindung bringen, das in den Tagesnachrichten zufällig das aufsehenerregendste ist.

Sergeant Hooley war, seinen mangelnden Humor mal beiseite gelassen, ein guter Schauspieler: Sein Gesicht drückte Gelassenheit und Arglosigkeit aus, und seine Stimme gab nicht eine Sekunde lang ihre Beiläufigkeit auf, als er sagte: »Sollte Mr. Thin keine weiteren Fragen haben, könnten Sie jetzt gehen. Ich habe Ihre Adressen und kann mich ja mit Ihnen in Verbindung setzen, wenn ich Sie noch mal brauche.«

Ich zögerte, aber der wichtigste Grundsatz, den Papa mir während der zehn Jahre Dienst unter seiner Leitung eingetrichtert hatte – niemals irgend etwas als erwiesen anzusehen –, nötigte mich, »einen Moment noch« zu sagen und Sergeant Hooley zur Seite zu nehmen, so daß die anderen uns nicht hören konnten.

»Sie haben Ihre Anordnungen getroffen, Sergeant Hooley?«

»Welche Anordnungen?«

Ich lächelte, denn ich merkte, daß die Kriminalbeamten mir zu verheimlichen versuchten, was sie wußten. Die unmittelbare Verlockung war, gleiches mit gleichem zu vergelten, aber wie groß die Vorteile auch sein mögen, bei jedem Einsatz unabhängig zu arbeiten, auf lange Sicht ist ein Privatdetektiv klüger daran, wenn er mit der Polizei kooperiert.

»Wirklich«, sagte ich, »Sie müssen eine schlechte Meinung von meinem Können haben, wenn Sie denken, mir sei nicht ebenfalls aufgefallen, daß, wenn Glenn stand, wo er nach seiner Aussage stand, und wenn der Bandit, wie er sagte, seinen Kopf nicht drehte, er dann nicht die Narbe auf der linken Wangc des Räubers gesehen haben kann.«

Trotz seiner offensichtlichen Verlegenheit erkannte Sergeant Hooley die Niederlage ohne Groll an.

»Ich hätte wissen können, daß Sie das spitzkriegen«, gab er zu und rieb sich nachdenklich das Kinn mit dem Daumen. »Tja, ich denke, wir könnten ihn genausogut auch gleich mitnehmen, es sei denn, Sie haben noch 'ne andere Idee im Hinterkopf.«

Ich warf einen Blick auf meine Uhr und sah, daß es vierundzwanzig Minuten nach zwölf war: meine Untersuchung hatte bis jetzt dank der beiden Kriminalbeamten, die alle Zeugen versammelt hatten, nur zehn oder zwölf Minuten in Anspruch genommen.

»Wenn Glenn an der Powell Street postiert wurde, um uns in die Irre zu führen«, schlug ich vor, »ist es dann nicht ziemlich wahrscheinlich, daß der Bandit überhaupt nicht in dieser Richtung entkam? Mir fällt ein, daß zwei Türen von hier ein Friseurgeschäft in der entgegengesetzten Richtung liegt, zur Stockton Street hin. Dieses Friseurgeschäft, das, wie ich annehme, eine Tür besitzt, die ins Bulwer Building führt, wie das bei Friseurgeschäften in ähnlicher Lage ausnahmslos der Fall ist, könnte als Durchgang gedient haben, durch den der Räuber sich rasch von der Straße entfernen konnte. Auf jeden Fall sehe ich das als eine Möglichkeit an, der wir nachgehen sollten.«

»Das Friseurgeschäft ist es!« Sergeant Hooley wandte sich an seinen Kollegen: »Warten Sie hier mit den Leuten, bis wir zurück sind, Strong. Es wird nicht lange dauern.«

»'n Ordnung«, antwortete Detective Strong.

Auf der Straße fanden wir weniger Neugierige als vorher.

»Können auch reingehen, Tim«, sagte Sergeant Hooley zu dem vor dem Laden stehenden Polizisten, als wir auf dem Weg zum Friseurgeschäft an ihm vorbeikamen.

Der Laden des Friseurs war etwa genauso groß wie der des Juweliers. Fünf von den sechs Stühlen waren besetzt, als wir hineingingen, der leere Stuhl war der direkt am Schaufenster. Dahinter stand ein kleiner, dunkelhäutiger Mann, der uns entgegenlächelte und »der Nächste« sagte, wie das Friseure so tun.

Ich trat näher und überreichte ihm eine meiner Karten, von der er, nachdem er sie genau studiert hatte, mit lebhaftem Interesse zu mir aufsah, das jedoch sogleich in einer recht infantilen Enttäuschung verblaßte. Mir war dieses Phänomen nicht neu: Es gibt eine erstaunliche Anzahl von Menschen, die, wenn sie erfahren, daß ich Thin heiße, enttäuscht sind, daß ich kein ausgemergeltes Gerippe oder, was zweifellos noch komischer wäre, ungeheuer fett bin.

»Ich nehme an, Sie wissen, daß Barnables Laden ausgeraubt worden ist?«

»Klar! Es wird immer schlimmer, wie diese Ganoven die Leute am hellichten Tag ausnehmen!«

»Haben Sie zufällig den Knall der Pistole gehört?«

»Klar! Ich hab grad wen rasiert, Mr. Thorne, den Immobilienfritzen. Er wartet immer auf mich, egal, wieviel von den anderen hier Däumchen drehen. Er sagt ... Na, jedenfalls hörte ich den Schuß und ging zur Tür, um nachzusehen, aber ich konnte Mr. Thorne ja nicht warten lassen, Sie verstehen, nicht wahr, deshalb bin ich nicht persönlich hingelaufen.«

»Haben Sie jemanden gesehen, der der Räuber gewesen sein könnte?«

»Nein. Diese Kerle sind schnell, und zur Mittagszeit, wenn die Straße voller Menschen ist, hatte er wohl keine Schwierigkeiten zu verschwinden. Es ist komisch, wie –«

Angesichts der Notwendigkeit, sparsam mit der Zeit umzugehen, riskierte ich den Vorwurf, unhöflich zu sein, als ich den Friseur in seinen nicht sehr zweckdienlichen Bemerkungen unterbrach.

»Ist jemand hier durchgegangen, ich meine, von der Straße ins Bulwer Building, kurz nachdem Sie den Schuß gehört hatten?«

»Nicht, daß ich mich erinnern könnte, allerdings benutzen viele Leute diesen Laden als eine Art Abkürzung von ihren Büros zur Straße.«

»Aber Sie erinnern sich nicht, daß jemand, kurz nachdem Sie den Schuß hörten, hier durchgekommen ist?«

»Rein nicht. Vielleicht raus, weil's um die Mittagszeit war.«

Ich betrachtete die Männer in den fünf besetzten Stühlen, die gerade bedient wurden. Nur zwei von ihnen trugen blaue Hosen. Von diesen beiden hatte einer einen dunklen Schnurrbart zwischen einer auffallend großen Nase und einem mächtig vorspringenden Kinn, das Gesicht des anderen, rosig von der gerade überstandenen Rasur, war weder auffallend schmal noch besonders rund, und auch sein Profil war weder bemerkenswert häßlich noch schön – ein Mann von ungefähr fünfundvierzig Jahren mit blondem Haar und, wie ich bemerkte, da er soeben über etwas lächelte, was der Friseur gesagt hatte, Zähnen, die in ihrer schneeweißen Makellosigkeit recht ansprechend waren.

»Wann ist der Mann dort drüben auf dem dritten Stuhl« – der, den ich gerade geschildert habe – »hereingekommen?«

»Wenn ich nicht irre, kurz vor dem Überfall. Er nahm seinen Kragen ab, als ich den Schuß hörte. Dessen bin ich ziemlich sicher.«

»Danke Ihnen«, sagte ich und drehte mich um.

»Pech«, murmelte mir Sergeant Hooley ins Ohr.

Ich warf ihm einen durchdringenden Blick zu. »Sie vergessen Knights Handschuhe oder denken vielmehr, ich hätte sie vergessen.«

Sergeant Hooley lachte kurz auf. »Die habe ich tatsächlich vergessen. Ich muß wohl nicht ganz bei der Sache sein oder so.«

»Meiner Ansicht nach ist durch Verheimlichen nichts zu erreichen, Sergeant Hooley. Der Friseur wird mit ihm gleich fertig sein.« Tatsächlich stand der Mann, während ich noch sprach, von seinem Stuhl auf. »Ich schlage vor, wir bitten ihn einfach, uns zum Juweliergeschäft zu begleiten.«

»Einverstanden«, sagte der Sergeant.

Wir warteten, bis unser Mann sich den Kragen umgelegt, die Krawatte umgebunden, das blaue Jackett und den grauen Mantel angezogen und sich den grauen Hut aufgesetzt hatte. Dann zückte Sergeant Hooley seine Marke und stellte sich vor.

»Ich bin Sergeant Hooley. Ich bitte Sie, mit mir mitzukommen.«

»Was?«

Die Überraschung des Mannes war allem Anschein nach echt, was sie ja auch durchaus gewesen sein mag.

Wort für Wort wiederholte der Sergeant, was er gesagt hatte.

»Warum?«

Ich beantwortete dem Mann die Frage mit möglichst wenigen Worten.

»Sie sind verhaftet, wegen Überfalls auf Barnables Juweliergeschäft.«

Der Mann widersprach ziemlich heftig, er heiße Brennan, er sei in Oakland gut bekannt, jemand werde für diese Beleidigung büßen und so weiter. Eine Zeitlang sah es so aus, als sei Gewalt nötig, um unseren Gefangenen in Barnables Laden zu transportieren, und Sergeant Hooley hatte den Mann auch schon fest am Handgelenk gepackt, als Brennan plötzlich nachgab und sich damit einverstanden erklärte, uns friedlich zu begleiten.

Glenn wurde weiß im Gesicht, und seine Beine befiel ein deutliches Zittern, als wir Brennan ins Juweliergeschäft führten, wo Mrs. Dolan und die Herren Barnable, Julius, Knight und Strong sich neugierig um uns scharten. Der Uniformierte, den der Sergeant Tim genannt hatte, blieb direkt in der Eingangstür stehen.

»Nehme an, Sie wollen das Reden übernehmen«, sagte Sergeant Hooley und überließ mir den Mittelpunkt der Bühne.

»Ist das der Mann, Mr. Barnable?« begann ich.

Die braunen Augen des Juweliers erlangten erstaunliche Größe.

»Nein, Mr. Thin!«

Ich wandte mich an den Gefangenen.

»Legen Sie Hut und Jackett ab, wenn ich bitten darf. Sergeant Hooley, haben Sie die Mütze, die der Bandit verloren hat? Danke Ihnen, Sergeant Hooley.« Zum Gefangenen: »Setzen Sie bitte diese Mütze auf.«

»Verdammt will ich sein, wenn ich das tue!« schrie er mich an.

Sergeant Hooley streckte mir eine Hand entgegen.

»Geben Sie sie mir. He, Strong, halten Sie den Burschen mal fest, während ich ihm die Mütze verpasse.«

Brennan fügte sich. »Na schön! Na schön! Ich setz sie auf!«

Die Mütze war ihm offensichtlich zu groß, aber mit ein bißchen Herumprobieren fand ich heraus, daß sie so aufgesetzt werden konnte, daß die mangelnde Paßform nicht allzu deutlich ins Auge fiel, wobei es ihre Größe ermöglichte, Brennans Haare zu verstecken und die Konturen seines Kopfes zu verändern.

»Würden Sie nun bitte«, sagte ich, wobei ich zurücktrat, um ihn mir anzusehen, »Ihre Zähne herausnehmen?«

Diese Aufforderung zog einen außerordentlichen Tumult nach sich. Knight stürzte sich auf Detective Strong, während Glenn zur Eingangstür rannte und Brennan Sergeant Hooley einen heftigen Faustschlag versetzte. Als ich zur Ladentür lief, um den Platz des Polizisten einzunehmen, der ihn verlassen hatte, um mit Glenn ins Gefecht zu treten, sah ich, daß sich Mrs. Dolan in eine Ecke geflüchtet hatte, während es Barnable und Julius nur mittels enormer Behendigkeit gelang, sich aus dem Konflikt herauszuhalten.

Die Ordnung wurde schließlich wiederhergestellt, indem Detective Strong und der Streifenbeamte die Herren Knight und Glenn mit Handschellen aneinanderfesselten, während Sergeant Hooley rittlings auf Brennan saß und mit den falschen Zähnen, die er ihm aus dem Mund genommen hatte, in der Luft herumwedelte.

Ich gab dem Polizisten mit einem Wink zu verstehen, daß er seinen Platz an der Tür wieder einnehmen solle, trat zu Sergeant Hooley, und gemeinsam halfen wir Brennan auf die Füße und setzten ihm erneut die Mütze auf den Kopf. Er bot ein schurkenhaftes Bild: sein Mund, ohne die Zähne, sank ein, ließ sein Gesicht schmaler und älter erscheinen und zog seine Nase schlaff und platt in die Länge.

»Ist das der Kerl?« fragte Sergeant Hooley und stieß den Gefangenen zum Juwelier hinüber.

»Das ist er! Das ist er! Es ist derselbe!« Der Triumph in Barnables Gesicht mischte sich mit Verwirrung. »Nur hat er keine Narbe«, setzte er langsam hinzu.

»Ich denke, wir werden die Narbe in seiner Tasche finden.«

Das taten wir auch – und zwar in Gestalt eines noch feuchten und nach Alkohol riechenden Taschentuchs mit braunen Flecken. Außer dem Taschentuch fanden sich noch ein Schlüsselbund, zwei Zigarren, einige Streichhölzer, ein Taschenmesser, sechsunddreißig Dollar sowie ein Füllfederhalter.

Der Mann fügte sich unserer Durchsuchung mit ausdruckslosem Gesicht, bis Mr. Barnable rief: »Aber die Steine? Wo sind meine Steine?«

Brennan grinste tückisch. »Hoffentlich halten Sie so lange den Atem an, bis Sie sie finden«, sagte er.

»Mr. Strong, würden Sie freundlicherweise die beiden Herren durchsuchen, die Sie aneinandergefesselt haben?« bat ich.

Das tat er, fand aber, wie ich es erwartet hatte, nichts von Bedeutung.

»Danke Ihnen, Mr. Strong«, sagte ich und ging hinüber in die Ecke, in der Mrs. Dolan stand. »Erlauben Sie bitte, daß ich einen Blick in Ihre Einkaufstasche werfe?«

Mrs. Dolans humorvolle braune Augen verloren ihren Glanz.

»Erlauben Sie bitte, daß ich einen Blick in Ihre Einkaufstasche werfe?« wiederholte ich und streckte die Hand danach aus.

Sie produzierte ein leises, erstícktes Lachen tief hinten im Hals und reichte mir die Tasche, die ich zu einem der flachen Schaukästen auf der anderen Seite des Raumes trug. Neben Sellerie und Salat, die ich schon erwähnte, fanden sich ein Päckchen Speck in Scheiben, ein Karton Seifenflocken und eine Tüte Spinat, zwischen dessen grünen Blättern, als ich sie auf den Schaukasten schüttete, die harten, kristallenen Facetten ungefaßter Diamanten glitzerten. Weniger deutlich fielen einige Banknoten ins Auge.

Mrs. Dolan machte, wie ich schon bemerkte, auf mich einen tüchtigen Eindruck, und dieses Eigenschaftswort schien jetzt besonders zuzutreffen: Sie benahm sich, muß ich sagen, wie jemand, der zu allem fähig ist. Zum Glück war ihr Sergeant Hooley durch den Laden gefolgt, und so konnte er sie von hinten an den Armen packen und kampfunfähig machen, wenn man von ihrer Stimme einmal absieht, von der sie bis zum äußersten Gebrauch machte, indem sie sich an einer Flut von Schimpfworten gütlich tat, die wiederzugeben mir alles andere als notwendig erscheint.

Es war wenige Minuten nach zwei, als ich in unser Büro zurückkam.

»Na, was ist?« Papa, der Miss Queenan gerade ein paar Briefe diktierte, unterbrach sich, um mich auszuquetschen. »Ich habe auf einen Anruf von dir gewartet!«

»Das war nicht nötig«, sagte ich nicht ganz ohne Genugtuung. »Die Operation ist erfolgreich abgeschlossen.«

»Aufgeklärt?«

»Ja, Sir. Die Diebe, drei Männer und eine Frau, sind im Gefängnis, und das gestohlene Eigentum ist vollständig wiederaufgetaucht. Bei der Kriminalpolizei haben wir zwei von den Männern identifizieren können: ›Reader‹ Keely, der der Anführer gewesen zu sein scheint, und einen gewissen Harry McMeehan, der der Polizei im Osten offenbar wohlbekannt ist. Der dritte Mann und die Frau, die vorgeben, George Glenn und Mrs. Mary Dolan zu heißen, werden zweifellos auch noch identifiziert werden.«

Papa biß das Ende einer Zigarre ab und spuckte es quer durchs Büro.

»Was halten Sie von unserer kleinen Spürnase, Florence?« strahlte er sie geradezu an, als wäre ich ein Dreijähriger, der irgend etwas Frühreifes vollbracht hatte.

»Toll!« antwortete Miss Queenan. »Ich denke, aus dem Jungen kann noch was werden.«

»Setz dich, Robin, und erzähle«, forderte Papa mich auf. »Die Post kann warten.«

»Die Frau verschaffte sich eine Stellung als Hauswartsfrau eines kleinen Wohnhauses in der Ellis Street«, antwortete ich, allerdings ohne mich zu setzen. »Diese Stellung nutzte sie als Empfehlung, um bei Barnable ein Konto zu eröffnen, als sie sich eine Uhr kaufte, die sie in kleinen wöchentlichen Raten abzahlte. Keely, dem zweifellos die Zähne gezogen worden sind, als er seine letzte Haftstrafe in Walla Walla absaß, nahm sein Gebiß heraus, malte sich eine Narbe auf die Wange, setzte sich eine schlecht sitzende Mütze auf und raubte, während er Barnable und seinen Gehilfen mit einer Pistole in Schach hielt, das Geld und die ungefaßten Steine, die im Safe lagen.

Als er den Laden verließ, stieß er mit Mrs. Dolan zusammen, wobei er die Beute in eine Tüte Spinat fallen ließ, die, zusammen mit anderen Lebensmitteln, in ihrer Einkaufstasche lag. McMeehan, der so tat, als komme er der Frau zu Hilfe, übergab Keely einen Hut und einen Mantel, vielleicht auch seine falschen Zähne, und ein Taschentuch, mit dem er sich die Narbe abwischen konnte, und nahm Keelys Pistole entgegen.

Keely, nun ohne Narbe und mit einem durch Zähne und Hut veränderten Äußeren, lief zu einem Friseurgeschäft zwei Türen weiter, während McMeehan, nachdem er einen Schuß in den Laden abgegeben hatte, um Barnables Neugier abzuschrecken, die Pistole neben die Mütze warf und vorgab, dem Räuber in Richtung Powell Street nachzusetzen. An der Powell Street war ein weiterer Komplize postiert, der behauptete, er habe den Banditen in einem Automobil wegfahren sehen. Und die drei Helfershelfer versuchten uns noch weiter in die Irre zu führen, indem sie zu Barnables Beschreibung des Räubers falsche Einzelheiten hinzufügten.«

»Raffiniert!« Papas Wertschätzung war, das muß ich kaum betonen, rein akademisch – ein professionelles Interesse an der Gerissenheit, die die Diebe an den Tag gelegt hatten, und in keiner Weise Beifall für ihren schändlichen Plan als solchen. »Wie bist du dahintergekommen?«

»Der Mann an der Ecke konnte die Narbe nicht gesehen haben, es sei denn, der Bandit hätte den Kopf gedreht, was der Mann allerdings verneinte. McMeehan trug Handschuhe, um keine Fingerabdrücke auf der Pistole zu hinterlassen, als er mit ihr schoß, doch seine Hände waren stark von der Sonne gebräunt, was darauf hindeutete, daß er normalerweise keine Handschuhe trägt. Beide Männer und die Frau erzählten Geschichten, die in allen Einzelheiten zueinander paßten, was, wie du weißt, bei ehrlichen Zeugen beinahe ein Wunder wäre. Aber da ich wußte, daß Glenn, der Mann an der Ecke, gelogen hatte, mußten die Geschichten der anderen, wenn sie mit seiner zusammenpaßten, ebenfalls nicht mit der Wahrheit übereinstimmen.«

Ich hielt es für das beste, Papa nicht zu erzählen, daß ich, unmittelbar bevor ich zu Barnable ging, und wohl auch unbewußt während meiner Ermittlungen, innerlich damit beschäftigt gewesen war, ein neues Verspaar als Ersatz für dasjenige zu finden, das dem Redakteur vom *Jongleur* nicht gefallen hatte; da es dabei um Widersprüchlichkeit ging, die folglich mein Inneres beschäftigte, war mir Mrs. Dolans Einkaufstasche als recht geeignetes Versteck für die Diamanten und das Geld erschienen.

»Gute Arbeit!« sagte Papa gerade. »Ganz allein geschafft?«

»Ich habe mit Hooley und Strong zusammengearbeitet. Ich bin sicher, die haben die Sache genauso durchschaut wie ich.«

Aber noch während ich sprach, stiegen Zweifel in mir auf. Es bestand, schien mir, die Möglichkeit, und sei sie noch so vage, daß die Kriminalbeamten die Lösung nicht so deutlich gesehen hatten wie ich. Ich hatte zunächst angenommen, Sergeant Hooley versuche, seine Erkenntnisse vor mir zu verbergen, doch als ich nun die Situation rückblickend betrachtete, kam mir der Verdacht, daß der Sergeant mir nichts anderes verborgen hatte als seine fehlenden Erkenntnisse.

Doch das war nicht wichtig. Was zählte, war die Tatsache, daß ich mit dem Bild der Juwelen inmitten des Gemüses eine Metapher der Widersprüchlichkeit für mein Sonett gefunden hatte.

Ich entschuldigte mich und begab mich von Papas Büro in mein eigenes, wo ich, wieder mit Reimlexikon, Synonymwörterbuch und dem Durchschlag meines Sonetts auf dem Schreibtisch, mich in die Tätigkeit vertiefte, mein neues Bild in die passenden Worte zu kleiden, wahrlich dankbar dafür, daß das Sonett in der Shakespeareschen und nicht in der italienischen Form abgefaßt war, so daß eine Änderung des Reimes der letzten beiden Verse nicht auch noch entsprechende Änderungen in anderen Versen nötig machte.

Einige Zeit ging hin, und dann lehnte ich mich in meinem Sessel zurück und empfand jene einzigartige Befriedigung, die Papa immer dann verspürt, wenn er irgendeinen besonders schwer zu fassenden Verbrecher zur Strecke gebracht hat. Ich mußte unwillkürlich lächeln, als ich mein neues Schlußverspaar noch einmal las:

»Und glitzern dort genauso manieriert,
Wie wenn Spinat sich mit Juwelen ziert.«

Das, nahm ich an, werde den Redakteur vom *Jongleur* zufriedenstellen.

(erstmals in: »Ellery Queen's Mystery Magazine«, März 1961, verfaßt in den 20er Jahren)

Nur eine Stunde

»Das ist Mr. Chrostwaite«, sagte Vance Richmond.

Chrostwaite, zwischen die Armlehnen eines der geräumigen Kanzleisessel gequetscht, brummte, was möglicherweise seine Namensnennung gutheißen sollte. Ich brummte zurück und suchte mir ebenfalls einen Platz.

Er war eine dicke Kugel, dieser Chrostwaite, in einem grünkarierten Anzug, der ihn kein bißchen schlanker wirken ließ, als er war. Seine Krawatte war ein grelles, überwiegend gelbes Ding, in dessen Mitte ein großer Diamant prangte, und an seinen pummeligen Fingern glitzerte noch jede Menge weiterer Steine. Schwammiges Fett verwischte seine Züge und machte es seinem runden, purpurfarbenen Gesicht gänzlich unmöglich, irgendeinen anderen Ausdruck als den mißmutiger Rücksichtslosigkeit aufzusetzen. Er stank nach Gin.

»Mr. Chrostwaite ist hier an der Pazifikküste der Vertreter der Mutual Fire Extinguisher Manufacturing Company«, sprach Vance Richmond weiter, kaum daß ich mich gesetzt hatte. »Sein Büro befindet sich in der Kearny Street, nahe der California Street. Gestern nachmittag, etwa gegen Viertel vor drei, fuhr er zu seinem Büro und ließ sein Automobil – einen Hudson-Tourenwagen – mit laufendem Motor vor der Tür stehen. Als er zehn Minuten später wieder herauskam, war der Wagen verschwunden.«

Ich warf einen Blick auf Chrostwaite. Er sah auf seine fetten Knie und zeigte nicht das geringste Interesse an dem, was sein Anwalt sagte. Ich blickte rasch wieder zu Vance Richmond hinüber; sein glattes, graues Gesicht und seine hagere Gestalt wirkten neben seinem aufgedunsenen Mandanten ausgesprochen hübsch.

»Ein Mann namens Newhouse«, sagte jetzt der Anwalt, »Besitzer einer Druckerei in der California Street, gleich um die Ecke von Mr. Chrostwaites Büro, wurde, fünf Minuten nachdem Mr. Chrostwaite aus seinem Wagen gestiegen war, um in sein Büro zu gehen, von ebendiesem Wagen an der Ecke Clay und Kearny Street überfahren und dabei getötet. Die Polizei fand den Wagen kurze Zeit später nur einen Block vom Unfallort entfernt – auf der Montgomery nahe der Clay Street.

Die Angelegenheit ist ziemlich klar. Jemand hat, unmittelbar nachdem Mr. Chrostwaite ausgestiegen war, den Wagen gestohlen, und als er sich möglichst schnell aus dem Staub machen wollte, hat er Newhouse überfahren; und den Wagen dann vor Schreck stehenlassen.

Aber wir haben Mr. Chrostwaites Lage zu bedenken: drei Abende vorher fuhr er vielleicht ein bißchen rücksichtslos –«

»Besoffen«, sagte Chrostwaite, ohne von seinen grünkarierten Knien aufzublicken; und obwohl seine Stimme rauh, ja heiser klang, lag keine Gefühlsregung in ihr – es war die Heiserkeit einer von Whiskey ausgebrannten Kehle.

»Mr. Chrostwaite fuhr vielleicht ein bißchen rücksichtslos aus der Van Ness Avenue heraus«, setzte Vance Richmond seine Ausführungen fort, ohne die Unterbrechung zu beachten, »und überfuhr dabei einen Fußgänger. Der Mann wurde allerdings nicht besonders schwer verletzt, und er wird für seine erlittenen Verletzungen sehr großzügig entschädigt. Aber wir müssen kommenden Montag vor Gericht, um uns einer Anklage wegen Rücksichtslosigkeit im Straßenverkehr zu stellen, und ich fürchte, daß uns der gestrige Unfall, bei dem der Druckereibesitzer zu Tode kam, schaden könnte.

Niemand glaubt, daß Mr. Chrostwaite selbst in seinem Wagen gesessen hat, als Newhouse getötet wurde – wir haben jede Menge Beweise dafür, daß es nicht so war. Aber ich befürchte, der Tod des Druckers kann als Waffe gegen uns benutzt werden, wenn wir in der Van-Ness-Sache vor Gericht müssen. Als Anwalt weiß ich, welches Kapital der Vertreter der Anklage – wenn er das möchte – aus der im Grunde bedeutungslosen Tatsache schlagen kann, daß durch denselben Wagen, mit dem Mr. Chrostwaite den Mann auf der Van Ness Avenue angefahren hat, gestern ein anderer Mann tödlich verletzt wurde. Und als Anwalt weiß ich auch, wie wahrscheinlich es ist, daß der Anklagevertreter die Geschichte so sehen wird. Er kann die Sache so drehen, daß wir kaum oder auch gar keine Gelegenheit erhalten, unseren Standpunkt überhaupt darzulegen.

Natürlich kann nicht mehr passieren, als daß Mr. Chrostwaite statt der üblichen Geldstrafe zu dreißig oder sechzig Tagen Gefängnis verurteilt wird. Die Sache ist aber auch so schon ärgerlich genug, und genau das wollen wir –«

Mr. Chrostwaite sprach von neuem, den Blick noch immer auf seine Knie gerichtet.

»Verdammt lästig!« sagte er.

»Genau das wollen wir vermeiden«, fuhr der Anwalt fort. »Wir sind bereit, eine deftige Geldstrafe zu zahlen, und damit rechnen wir auch, denn an dem Unfall auf der Van Ness Avenue war fraglos Mr. Chrostwaite schuld. Aber wir –«

»Besoffen wie ein Major!« sagte Chrostwaite.

»Aber wir möchten nicht, daß diesem anderen Unfall, mit dem er nichts zu tun hatte, im Zusammenhang mit der Van-Ness-Sache eine falsche Bedeutung beigemessen wird. Es geht uns um folgendes: daß der Mann oder die Männer gefunden werden, die den Wagen gestohlen und John Newhouse überfahren haben. Wenn sie gefaßt werden, ehe wir vor Gericht müssen, laufen wir nicht Gefahr, auch noch für ihre Tat büßen zu müssen. Meinen Sie, Sie können sie vor Montag ausfindig machen?«

»Ich werde es versuchen«, versprach ich, »allerdings ist es nicht –«

Der menschliche Fettballon unterbrach mich, indem er sich auf seine Füße hievte und mit seiner dicken, juwelengeschmückten Hand nach seiner Taschenuhr fingerte.

»Drei Uhr«, sagte er. »Bin um halb vier zu einer Partie Golf verabredet.« Er nahm seinen Hut und die Handschuhe vom Schreibtisch. »Sie finden sie, ja? Verdammt lästig, ins Gefängnis zu müssen!«

Und watschelte hinaus.

Vom Anwaltsbüro begab ich mich zur Hall of Justice, und nachdem ich ein paar Minuten herumgesucht hatte, fand ich einen Polizisten, der Sekunden, nachdem Newhouse überfahren worden war, zur Ecke Clay und Kearny Street gekommen war.

»Ich ging grade aus dem Präsidium, als ich sah, wie 'ne Karre bei der Clay Street um die Ecke flitzte«, erzählte mir dieser Streifenpolizist, ein stämmiger, rotblonder Mann namens Coffee. »Dann sah ich, daß alle möglichen Leute stehenblieben, deshalb ging ich hin und fand diesen John Newhouse am Boden liegen. Er war schon tot. 'n halbes Dutzend Leute hatten gesehen, wie er überfahren wurde, und einer hatte sich die Zulassungsnummer des Wagens gemerkt. Später fanden wir den Wagen dann verlassen gleich um die Ecke in der Montgomery Street, mit der Nase nach Norden. Es hatten zwei Typen dringesessen, als Newhouse überfahren wurde, aber niemand hatte sich gemerkt, wie sie aussahen. Und als wir die Karre schließlich fanden, war natürlich keiner mehr da.«

»In welche Richtung war Newhouse gegangen?«

»Die Kearny Street rauf in Richtung Norden, und er war ungefähr drei Viertel über die Clay weg, als es ihn erwischte. Der Wagen fuhr ebenfalls die Kearny in Richtung Norden und bog dann östlich in die Clay ein. Es ist vielleicht nicht ganz allein die Schuld von den Burschen in dem Wagen gewesen – zumindest nach Aussage der Leute, die den Unfall gesehen haben. Als Newhouse über die Straße ging, hielt er den Blick auf irgendein Stück Papier in seiner Hand gerichtet. Ich fand eine ausländische Banknote in seiner Hand und nehme an, daß er die betrachtet hat. Der Lieutenant hat mir gesagt, es war holländisches Geld – ein Hundertguldenschein, sagt er.«

»Irgendwas über die Männer im Wagen rausgekriegt?«

»Nichts! Wir haben ausgequetscht, wen immer wir auftreiben konnten, in der Gegend von California und Kearny Street, wo der Wagen geklaut worden ist, wie auch um die Clay und Montgomery rum, wo wir ihn gefunden haben. Aber niemand hat sich erinnert, die Burschen gesehen zu haben, als sie ein- oder ausstiegen. Der Mann, dem der Wagen gehört, hat ihn nicht gefahren – da war er wohl schon geklaut. Zuerst dachte ich, an dem Unfall wäre irgendwas faul. Dieser John Newhouse hatte nämlich ein blaues Auge, zwei oder drei Tage alt. Aber wir haben da nachgebohrt und rausgefunden, daß er ein paar Tage vorher einen Herzanfall oder so was hatte und beim Hinfallen mit dem Auge gegen einen Stuhl geschlagen ist. Hat drei Tage krank zu Hause gelegen und war grade 'ne halbe Stunde oder so vor dem Unfall aus dem Haus gegangen.«

»Wo hat er gewohnt?«

»In der Sacramento Street – weit draußen. Ich hab hier irgendwo seine Adresse.«

Er blätterte in einem schmuddeligen Notizbuch herum, und ich bekam die Hausnummer des Toten und die Namen und Adressen der Unfallzeugen, die Coffee befragt hatte.

Damit waren die Informationen des Polizisten erschöpft, und ich verabschiedete mich von ihm.

Der nächste Schritt war, die nähere Umgebung der Orte unter die Lupe zu nehmen, an denen der Wagen gestohlen und wieder verlassen worden war, und dann die Zeugen zu befragen. Da die Polizei das Gebiet bereits ergebnislos überprüft hatte, war es unwahrscheinlich, daß ich tatsächlich irgend etwas von Wert entdecken würde; aber ich durfte mich um diese Dinge auf keinen Fall herumdrücken. Neunundneunzig Prozent detektivischer Arbeit bestehen aus der geduldigen Sammlung von Details – und diese Details müssen, soweit wie nur irgend möglich, aus erster Hand stammen, ohne Rücksicht darauf, wer das Gelände bereits vor einem beackert hat.

Bevor ich jedoch an dieser Ecke beginnen würde, beschloß ich, mal rasch eben hinüber zur Druckerei des Toten zu laufen – sie lag nur drei Blocks von der Hall of Justice entfernt – und zu sehen, ob nicht einer von seinen Angestellten was gehört hatte, was mir weiterhelfen könnte.

Newhouses Firma nahm das Erdgeschoß eines kleinen Gebäudes an der California zwischen Kearny und Montgomery Street ein. Vorn war ein kleines Büro abgetrennt, aus dem eine Verbindungstür zur Druckerei im hinteren Teil führte.

Als ich von der Straße hereinkam, war der einzige Mensch in dem winzigen Büro ein kleiner, untersetzter, besorgt dreinschauender blonder Mann von etwa vierzig Jahren, der in Hemdsärmeln am Schreibtisch saß und Zahlen in einem Hauptbuch mit anderen auf einem Stapel von Papieren, der vor ihm lag, verglich und abhakte.

Ich stellte mich vor, indem ich ihm sagte, ich sei ein Mitarbeiter der Continental Detective Agency und an Newhouses Tod interessiert. Er erwiderte, sein Name sei Ben Soules und er sei Newhouses Vorarbeiter. Wir gaben uns die Hand, und mit einer Geste bot er mir einen Sessel gegenüber vom Schreibtisch an, schob das Buch und die Papiere zur Seite, an denen er gearbeitet hatte, und kratzte sich mit dem Bleistift angewidert den Kopf.

»Es ist schrecklich!« sagte er. »Wegen aller möglichen Umstände stecken wir bis über die Ohren in Arbeit, und da muß ich mich auch noch mit diesen Büchern rumschlagen, von denen ich überhaupt nichts verstehe, und –«

Er unterbrach sich, um das Telefon abzunehmen, das geklingelt hatte.

»Ja... Hier spricht Soules... Wir haben sie jetzt in Arbeit... Ich liefere sie Ihnen spätestens Montag mittag... Ich weiß, daß wir sie gestern versprochen haben, aber... Ich weiß! Ich weiß! Aber durch den Tod unseres Chefs sind wir in Verzug geraten. Erklären Sie das Mr. Chrostwaite. Und... Und ich verspreche Ihnen, Montag früh haben Sie sie, bestimmt!«

Soules knallte den Hörer gereizt auf den Haken und sah mich an.

»Man sollte doch meinen, wo es sein eigener Wagen war, durch den der Chef ums Leben gekommen ist, würde er soviel Anstand besitzen und nicht auch noch über die Verzögerung mekkern!«

»Chrostwaite?«

»Ja – das war einer seiner Angestellten. Wir drucken ein paar Prospekte für ihn, hatten versprochen, sie gestern fertig zu haben – aber durch den Tod des Chefs und weil wir ein paar neue Leute einarbeiten mußten, sind wir mit allem im Rückstand. Ich bin hier seit acht Jahren, und dies ist das erste Mal, daß wir uns bei einem Auftrag verrechnet haben – und jeder verdammte Kunde schreit sich die Lunge aus dem Hals. Wären wir wie die meisten Druckereien, wären die Leute ans Warten gewöhnt, aber wir haben sie eben zu sehr verwöhnt. Dieser Chrostwaite! Man sollte doch meinen, er würde sich ein bißchen zurückhalten, wo der Chef durch seinen Wagen zu Tode gekommen ist!«

Ich nickte mitfühlend, schob eine Zigarre über den Schreibtisch und wartete, bis sie in Soules' Mund brannte, ehe ich fragte:

»Sie sagten eben etwas davon, daß Sie ein paar neue Leute einarbeiten mußten. Wieso das?«

»Ja. Mr. Newhouse hat letzte Woche zwei

unserer Drucker gefeuert – Fincher und Key. Er kam dahinter, daß sie in der Gewerkschaft waren, also schmiß er sie raus.«

»Irgendwelchen Ärger mit ihnen oder irgendwas gegen sie, außer daß sie Gewerkschafter waren?«

»Nein – waren ziemlich gute Arbeiter.«

»Irgendwelchen Ärger mit ihnen, nachdem er sie gefeuert hatte?« fragte ich.

»Keinen richtigen Ärger, allerdings waren sie ganz schön wütend. Schwangen unheimlich Reden, ehe sie weggingen.«

»Wissen Sie noch, an welchem Tag das war?«

»Letzte Woche Mittwoch, glaube ich. Ja, Mittwoch, und Donnerstag habe ich zwei neue Leute eingestellt.«

»Zu wieviel Mann arbeiten Sie hier?«

»Zu dritt, dazu komme ich noch.«

»War Mr. Newhouse sehr oft krank?«

»Nicht so krank, daß er sehr oft fehlte, aber ab und zu ließ ihn sein Herz im Stich, und dann mußte er eine Woche oder zehn Tage im Bett bleiben. War eigentlich nie das, was man richtig gesund nennen konnte. Hat nichts anderes als die Büroarbeit gemacht – den Laden habe ich geschmissen.«

»Wann wurde er das letzte Mal krank?«

»Dienstag früh rief Mrs. Newhouse an und sagte, er habe wieder einen Anfall gehabt und komme ein paar Tage nicht in die Firma. Gestern – das war Donnerstag – hat er am Nachmittag für etwa zehn Minuten reingeschaut und gesagt, er wolle heute morgen wieder da sein. Kurz nachdem er hier weggegangen war, wurde er getötet.«

»Wie sah er aus? Sehr krank?«

»Nicht so schlimm. Er sah natürlich nie richtig gesund aus, und ich konnte gestern keinen großen Unterschied zu sonst feststellen. Dieser letzte Anfall war wohl nicht so schwer wie die meisten anderen gewesen – normalerweise lag er eine Woche oder länger im Bett.«

»Sagte er, wohin er wollte, als er wegging? Der Grund, warum ich frage, ist der: Da er draußen in der Sacramento Street wohnte, hätte er sich doch wahrscheinlich einen Wagen hier direkt vor der Tür genommen, wenn er nach Hause gewollt hätte. Er wurde aber in der Clay Street überfahren.«

»Er sagte, er gehe hoch zum Portsmouth Square, um sich eine halbe Stunde oder so in die Sonne zu setzen. Er sei zwei oder drei Tage ans Haus gefesselt gewesen, sagte er, und er wolle etwas Sonne tanken, bevor er wieder nach Hause fahre.«

»Er hatte einen ausländischen Geldschein in der Hand, als er überfahren wurde. Wissen Sie irgendwas darüber?«

»Ja. Den hatte er von hier. Einer unserer Kunden – ein Mann namens van Pelt – kam her, um einen Auftrag zu bezahlen, den wir gestern nachmittag erledigt hatten, als der Chef gerade da war. Als van Pelt seine Brieftasche zog, um die Rechnung zu begleichen, war diese holländische Banknote – ich weiß nicht, wie die Währung heißt – zwischen den Geldscheinen. Ich meine, er hat gesagt, sie sei ungefähr achtunddreißig Dollar wert. Wie dem auch sei, der Chef nahm sie und gab van Pelt darauf heraus. Der Chef sagte, er wolle den Schein seinen Söhnen zeigen und er könne ihn später in amerikanisches Geld umtauschen.«

»Wer ist dieser van Pelt?«

»Ein Holländer – plant, hier in ein, zwei Monaten eine Tabak-Importfirma aufzumachen. Sonst weiß ich nicht viel über ihn.«

»Wissen Sie, wo er wohnt oder sein Büro hat?«

»Sein Büro ist in der Bush Street, nicht weit von der Sansome.«

»Wußte er, daß Newhouse krank gewesen war?«

»Glaube ich nicht. Der Chef sah ja nicht viel anders aus als sonst.«

»Wie lautet der volle Name von diesem van Pelt?«

»Hendrik van Pelt.«

»Wie sieht er aus?«

Ehe Soules antworten konnte, waren über das Geratter und Gesurre der Druckmaschinen im hinteren Teil des Ladens hinweg drei gleich lange Summtöne zu hören.

Ich schob die Mündung meiner Pistole – ich hielt sie schon seit fünf Minuten im Schoß – so weit über die Schreibtischkante, daß Ben Soules sie sehen konnte.

»Legen Sie beide Hände auf den Schreibtisch«, sagte ich.

Er legte sie auf die Platte.

Die Tür zur Druckerei befand sich direkt hinter ihm, so daß ich sie, wenn ich ihn hinter dem Schreibtisch im Auge behielt, über seine Schulter hinweg sehen konnte. Sein untersetzter Körper schirmte meine Pistole gegen den Blick von jedem ab, der auf sein Signal hin hereinkommen würde.

Ich brauchte nicht lange zu warten.

Drei Männer – voller Druckerschwärze – kamen an die Tür und betraten das kleine Büro. Sie kamen, lässig und als ob nichts wäre, hereingeschlendert, lachten und zogen sich gegenseitig auf.

Aber einer von ihnen leckte sich die Lippen, als er hereintrat. Die Augen des zweiten zeigten weiße Ringe rund um die Iris. Der dritte war der beste Schauspieler – nur hielt er die Schultern ein bißchen zu steif, was nicht zu seinem ansonsten nonchalanten Gehabe paßte.

»Bleiben Sie stehen, wo Sie sind!« bellte ich sie an, als auch der letzte durch die Tür war –

und hob meine Pistole, so daß sie sie sehen konnten.

Sie blieben stehen, als wären sie alle drei auf dasselbe Paar Beine geschraubt.

Ich stieß meinen Stuhl mit dem Fuß nach hinten und erhob mich.

Mir gefiel meine Position ganz und gar nicht. Das Büro war viel zu klein für mich. Ich hatte eine Pistole, schon richtig, und es war zumindest nicht zu sehen, daß einer von ihnen ebenfalls eine Waffe hatte. Aber diese vier Männer waren zu dicht an mir dran, und eine Pistole ist keine Wunderwaffe. Sie ist ein mechanisches Gerät, und genauso viel kann sie auch, und nicht mehr.

Wenn diese Männer auf die Idee kamen, sich auf mich zu stürzen, konnte ich gerade einen von ihnen außer Gefecht setzen, bevor die übrigen drei mich am Wickel hatten. Ich wußte es, und sie wußten es auch.

»Nehmen Sie die Hände hoch«, befahl ich, »und drehen Sie sich um!«

Keiner von ihnen rührte sich, um dem nachzukommen. Eines der schwarz verschmierten Gesichter grinste tückisch, Soules schüttelte langsam den Kopf, und die anderen beiden standen da und glotzten mich an.

Ich war einigermaßen perplex. Man kann einen Menschen nicht erschießen, bloß weil er sich weigert, einem Befehl zu gehorchen – auch wenn er ein Verbrecher ist. Wenn Sie sich auf meine Anweisung hin umgedreht hätten, hätte ich ihnen befohlen, sich nebeneinander an der Wand aufzustellen, und da ich mich hinter ihnen befand, hätte ich sie, während ich das Telefon benutzte, in Schach halten können.

Doch die Geschichte hatte nicht funktioniert.

Mein nächster Gedanke war, mich durchs Büro rückwärts zur Eingangstür zu bewegen, während ich sie weiter im Schußfeld hatte, und dann entweder in der Tür stehenzubleiben und um Hilfe zu rufen oder sie auf die Straße zu locken, wo ich mit ihnen fertig werden konnte.

Aber ich verwarf diesen Gedanken so schnell, wie er mir gekommen war.

Diese vier Männer würden über mich herfallen – da gab es keinen Zweifel. Das einzige, was noch fehlte, war irgendein auslösender Faktor, der sie explosionsartig in Aktion versetzen würde. Sie standen steifbeinig und gespannt da und warteten auf irgendeine Bewegung meinerseits. Ein Schritt nach hinten – und der Kampf war im Gange.

Wir standen so nahe beieinander, daß jeder der vier die Hand hätte ausstrecken und mich berühren können. Einen konnte ich erschießen, bevor ich von den anderen in die Pfanne gehauen wurde – einen von vieren. Das bedeutete, daß für jeden von ihnen die Chancen nur eins zu vier standen, das Opfer zu sein – günstig genug für jeden, außer für den Allerfeigsten.

Ich setzte ein Grinsen auf, das selbstbewußt wirken sollte – weil ich schwer in der Klemme saß –, und langte nach dem Telefon: Ich mußte etwas unternehmen! Dann verfluchte ich mich selbst! Ich hatte damit nur ein anderes Zeichen zum Beginn der Schlacht gegeben. Es würde losgehen, sobald ich den Hörer in die Hand nahm.

Aber ich konnte nicht wieder zurück – auch das wäre ein Zeichen gewesen –, ich mußte die Sache zu Ende führen.

Schweiß rann mir unter dem Hut hervor über die Schläfen, während ich das Telefon mit der Linken näher an mich heranzog.

Die Eingangstür öffnete sich! Ein überraschter Ausruf ertönte hinter mir.

Ich sprach rasch, ohne den Blick von den vier Männern vor mir zu wenden.

»Schnell! Das Telefon! Die Polizei!«

Mit dem Erscheinen dieses Unbekannten – wahrscheinlich einer von Newhouses Kunden – vermutete ich, wieder im Vorteil zu sein. Selbst wenn er nichts anderes tat, als die Polizei anzurufen, würde sich der Feind teilen müssen, um sich auch um ihn zu kümmern – was mir die Chance gab, zumindest zwei von ihnen auszuschalten, ehe ich fertiggemacht wurde. Zwei von vieren – jeder von ihnen hatte die gleiche Chance, erschossen zu werden – was selbst einem waghalsigen Menschen *ausreichend* Grund geben sollte, ein bißchen nachzudenken, bevor er losschlägt.

»Schnell!« drängte ich den Neuankömmling hinter mir.

»Sicher! Sicher!« sagte er – und der verwischte Klang seines »S« deutete darauf hin, daß er aus dem Ausland stammte.

Nervös, wie ich war, hatte ich keine weitere Warnung nötig.

Ich warf mich zur Seite – ein blindes Fallenlassen weg von der Stelle, an der ich gestanden hatte. Aber ich war nicht schnell genug.

Der Schlag, der von hinten kam, traf mich zwar nicht richtig, doch kriegte ich immer noch so viel ab, daß sich meine Beine zusammenfalteten, als hätten die Knie Papiergelenke – wie ein ungeordneter Haufen knallte ich zu Boden...

Etwas Dunkles sauste auf mich zu. Ich packte es mit beiden Händen. Es mag ein Fuß gewesen sein, der mir ins Gesicht treten wollte. Ich wrang ihn wie eine Waschfrau, die ein Handtuch auswringt.

Meine Wirbelsäule hinab lief Stoß auf Stoß. Vielleicht schlug mir jemand auf den Kopf. Ich weiß es nicht. Mein Kopf war gefühllos. Durch den Schlag, der mich niedergestreckt hatte, war ich völlig benommen. Meine Augen schienen zu versagen. Schatten schwammen vor ihnen hin und her – sonst war da nichts. Ich schlug, stieß, wütete gegen die Schatten. Manchmal traf ich nur ins Leere, manchmal stieß ich auf etwas, das sich wie der Teil eines Körpers anfühlte. Dann hämmerte ich darauf ein, zerrte daran herum. Meine Pistole war weg.

Meinem Gehör ging es nicht besser als meinen Augen – oder nicht einmal so gut. Es gab keinen Ton auf der ganzen Welt. Ich bewegte mich durch eine Stille, die vollkommener war als jede Stille, die ich je gekannt hatte. Ich war ein Geist, der gegen Geister kämpfte.

Plötzlich stellte ich fest, daß sich meine Füße wieder unter mir befanden, allerdings saß mir irgend etwas Zappelndes im Rücken und hinderte mich daran, aufrecht zu stehen. Etwas Heißes, Feuchtes wie eine Hand lag auf meinem Gesicht. Ich grub meine Zähne hinein. Ich riß den Kopf so weit zurück, wie es ging. Vielleicht krachte er in das Gesicht, das er treffen sollte. Ich weiß es nicht. Jedenfalls saß mir das zappelnde Etwas nicht länger im Rücken.

Nebelhaft wurde mir bewußt, daß ich von Schlägen geschüttelt wurde, die ich wohl nicht spürte, weil ich zu abgestumpft war. Unablässig schlug ich mit Kopf und Schultern und Ellbogen und Fäusten und Knien und Füßen auf die Schatten ein, die um mich waren...

Mit einemmal konnte ich wieder sehen – nicht deutlich –, aber die Schatten nahmen Farbe an, und mein Gehör meldete sich zurück, so daß Stöhnen, Brummen, Flüche und Schlaggeräusche zu vernehmen waren. Mein angespannter Blick blieb an einem Messingspucknapf hängen, der etwa zwanzig Zentimeter vor mir stand. Da wußte ich, daß ich wieder am Boden lag.

Als ich mich herumwarf, um einen Fuß in einen weichen Körper über mir zu schleudern, fuhr mir etwas, das wie Feuer war, aber kein Feuer war, an einem Bein herunter – ein Messer. Der Stich brachte mich urplötzlich wieder zu Bewußtsein.

Ich packte den Messingspucknapf, um mich mit seiner Hilfe nach oben zu prügeln – um vor mir Raum freizuprügeln. Männer warfen sich auf mich. Ich schwang den Spucknapf in die Höhe und schleuderte ihn über ihre Köpfe hinweg durch die Milchglastür auf die California Street.

Danach schlugen wir uns noch ein wenig.

Man kann freilich keinen Messingspucknapf durch eine Glastür auf die California Street zwischen Montgomery und Kearny werfen, ohne Aufmerksamkeit zu erregen – sie liegt einfach zu nahe am tagsüber quirligen Zentrum von San Francisco. Und so wurden wir bald darauf – ich lag inzwischen wieder am Boden, und sechs- bis achthundert Pfund Fleisch hämmerten mein Gesicht in die Dielen – auseinandergerissen. Von einem ganzen Polizeitrupp wurde ich aus den Tiefen des Gewühls gegraben und nach oben gezogen.

Der stämmige, rotblonde Coffee war einer der Polizisten, und doch mußte ich lange reden, bis er mir glaubte, daß ich der Detektiv von der Continental war, der erst kurz vorher mit ihm gesprochen hatte.

»Mann! Mann!« sagte er, als ich ihn endlich überzeugt hatte. »Die Burschen hier haben Sie – du lieber Gott! – aber wirklich in die Mache genommen! Sie haben ja 'n Gesicht wie 'ne begossene Geranie!«

Ich lachte nicht. Ich fand's nicht komisch.

Ich sah mit dem einen Auge, das im Moment funktionierte, zu den fünf Männern hinüber, die auf der anderen Seite des Büros in einer Reihe nebeneinanderstanden – auf Soules, die drei mit Druckerschwärze beschmierten Drukker und den Mann mit dem unsauberen »S«, der das Gemetzel begonnen hatte, indem er mir eins auf den Hinterkopf gab.

Es war ein ziemlich hochgewachsener Mann von etwa dreißig Jahren mit einem runden, rotbackigen Gesicht, das jetzt ein paar blaue Flekken zierten. Er war offensichtlich recht gut in teures schwarzes Tuch gekleidet gewesen, das allerdings nur noch in Fetzen an ihm herunterhing. Ohne zu fragen, wußte ich, wer er war – Hendrik van Pelt.

»Also, Mann, was sagen Sie dazu?« fragte mich Coffee.

Ich fand heraus, daß ich, wenn ich die eine Seite meines Unterkiefers mit der Hand festhielt, ohne allzu große Schmerzen sprechen konnte.

»Das hier ist die Bande, die Newhouse überfahren hat«, sagte ich, »und es war kein Unfall. Ich hätte nichts dagegen gehabt, noch ein paar Einzelheiten zu klären, aber sie sind über mich hergefallen, ehe ich dazu kam. Newhouse hatte einen Hundertguldenschein in der Hand, als er überfahren wurde, und er lief in Richtung Polizeipräsidium, er war nur noch einen halben Block von der Hall of Justice entfernt.

Soules hat mir erzählt, Newhouse habe gesagt, er wolle zum Portsmouth Square, um sich in die Sonne zu setzen. Aber Soules scheint nicht zu wissen, daß Newhouse ein blaues Auge hatte – wegen dem Sie ja schon Nachforschungen angestellt haben, wie Sie mir sagten. Wenn Soules das Veilchen nicht gesehen hat, dann ist so gut wie sicher, daß er an diesem Tag auch das Gesicht von Newhouse nicht gesehen hat!

Newhouse spazierte von seiner Druckerei in Richtung Polizeipräsidium, mit einer ausländischen Banknote in der Hand – behalten Sie das im Gedächtnis!

Er hatte von Zeit zu Zeit Beschwerden, die ihn nach Auskunft von Freund Soules in der Regel jeweils eine Woche oder auch zehn Tage ans Haus fesselten. Diesmal mußte er allerdings nur gut zwei Tage das Bett hüten.

Soules hat mir erzählt, die Firma ist mit ihren Aufträgen drei Tage im Rückstand, und er sagt, es sei das erste Mal in acht Jahren, daß sie in Rückstand geraten sind. Er schiebt es auf Newhouses Tod – der sich erst gestern ereignet hat. Offensichtlich hat sich durch Newhouses frühere Erkrankungen nie etwas verzögert. Warum dann durch diese letzte?

Zwei der Drucker wurden letzte Woche entlassen und zwei neue Leute gleich am nächsten Tag eingestellt – ein ziemlich schneller Prozeß. Das Auto, das Newhouse erwischt hat, wurde gleich um die Ecke gestohlen und wenige Schritte von der Druckerei entfernt wieder abgestellt. Seine Nase zeigte nach Norden, als es verlassen wurde, was ziemlich klar beweist, daß die Insassen in Richtung Süden gingen, nachdem sie ausgestiegen waren. Normale Autodiebe wären nicht in die Richtung zurückgelaufen, aus der sie kamen.

Ich vermute folgendes: Dieser van Pelt ist Niederländer, und er besaß ein paar Druckplatten für falsche Hundertguldenscheine. Er suchte herum, bis er schließlich einen Drucker auftrieb, der sich beteiligen wollte. Und zwar fand er Soules, den Vorarbeiter einer Firma, deren Besitzer ab und zu eine ganze Woche oder länger herzkrank zu Hause bleiben mußte. Einer von den Druckern war bereit mitzumachen. Vielleicht lehnten die anderen beiden das Angebot ab. Vielleicht fragte Soules sie auch überhaupt nicht. Jedenfalls wurden sie entlassen, und zwei Freunde von Soules erhielten deren Stelle.

Unsere Freunde bereiteten dann alles soweit vor und warteten darauf, daß Newhouses Herz von neuem versagte. Was es auch tat – Montag abend. Sobald seine Frau am nächsten Morgen anrief und sagte, daß er wieder einmal krank sei, begannen diese Vögel hier, ihr Falschgeld zu drucken. Das ist der Grund, weshalb sie mit ihrer regulären Arbeit in Rückstand gerieten. Aber diesmal war Newhouses Anfall leichter gewesen als sonst. Binnen zwei Tagen war er wieder auf den Beinen und lief herum, und gestern nachmittag kam er für ein paar Minuten hier vorbei.

Er muß hereingekommen sein, als alle unsere Freunde gerade in irgendeinem fernen Winkel äußerst beschäftigt waren. Er muß ein paar falsche Banknoten entdeckt haben, erfaßte augenblicklich die Situation, griff sich einen der Scheine, um ihn der Polizei zu zeigen, und machte sich auf den Weg zum Präsidium, zweifellos in der Annahme, unsere Freunde hier hätten ihn nicht gesehen.

Aber sie müssen ihn, als er hinauslief, zumindest noch flüchtig wahrgenommen haben. Zwei von ihnen sind hinter ihm her, konnten ihn aber zu Fuß, wie sie waren, nur ein oder zwei Querstraßen vom Polizeipräsidium entfernt, nicht gefahrlos umlegen. Als sie um die Ecke bogen, stießen sie dann auf Chrostwaites Wagen, der mit laufendem Motor dastand. Das löste ihr Fluchtproblem. Sie stiegen in das Auto und fuhren Newhouse hinterher. Ich vermute, der ursprüngliche Plan war, ihn zu erschießen, doch überquerte er gerade die Clay Street, den Blick fest auf den falschen Geldschein in seiner Hand gerichtet. Das gab ihnen eine einmalige Chance. Sie fuhren ihn schlichtweg über den Haufen. Das war sein sicherer Tod, das wußten sie – sein schwaches Herz würde schon den Rest erledigen, sollte der eigentliche Zusammenprall ihn noch nicht töten. Dann ließen sie den Wagen stehen und kamen hierher zurück.

Es gibt noch jede Menge Kleinigkeiten zu klären, aber diese Geschichte, die ich Ihnen eben erläutert habe, stimmt mit allen Tatsachen überein, die wir kennen – und ich wette ein Monatsgehalt, daß ich nicht zu weit von der Wahrheit entfernt bin. Irgendwo müßte eine Drei-Tage-Ausbeute an holländischen Banknoten versteckt liegen! Ihr –«

Ich hätte wahrscheinlich ewig so weitergeredet, in der schwindligen, kopfduseligen Benommenheit äußerster Erschöpfung, die mich erfüllte, wenn der stämmige, rotblonde Streifenpolizist mich nicht zum Schweigen gebracht hätte, indem er mir seine mächtige Pranke über den Mund legte.

»Seien Sie still, Mann«, sagte er, half mir vom Stuhl hoch und legte mich platt mit dem Rükken auf den Schreibtisch. »Ich lasse gleich einen Krankenwagen für Sie kommen.«

Das Büro drehte sich vor meinem einen offenen Auge im Kreis, die gelbe Decke kam auf mich heruntergeschwebt, stieg wieder nach oben, verschwand und kam in sonderbaren Formen zurück. Ich drehte den Kopf zur Seite, um ihr auszuweichen, und mein Blick blieb auf dem weißen, herumwirbelnden Zifferblatt einer Uhr hängen, das gleich darauf zum Stehen kam. Ich las die Zeit ab – vier Uhr.

Mir fiel wieder ein, daß Chrostwaite unsere Besprechung in Vance Richmonds Büro um drei beendet und ich um eben die Zeit mit meiner Arbeit begonnen hatte.

»Nur eine Stunde!« versuchte ich Coffee mitzuteilen, ehe ich in Schlaf sank.

Die Polizei schloß den Fall ab, während ich noch der Länge nach in meinem Bett lag. In van Pelts Büro in der Bush Street fand man einen großen Packen Hundertguldenscheine. Van Pelt, so brachte man heraus, genoß in Europa als hochkarätiger Geldfälscher beträchtliches Ansehen. Einer von den Druckern konnte sich aus der Sache herauswinden, indem er behauptete, van Pelt und Soules seien die beiden gewesen, die Newhouse aus der Druckerei nachgingen und ihn töteten.

(erstmals in: »The Black Mask«, April 1924)

Wem das Glück lacht...

Ein Schrei, unverkennbar von einer Frau und bebend vor Angst, drang durch den Nebel. Phil Truax, der die Washington Street entlangeilte, hielt mitten im Schritt inne und wurde starr und reglos wie die steinernen Wohnhäuser zu beiden Seiten der Straße.

Der Schrei schwoll an, hatte ein bißchen was Geigenhaftes und endete mit einem Kiekser. Einen halben Block weiter durchbrachen die Scheinwerfer von zwei haltenden und merkwürdig dicht beisammen stehenden Automobilen den Dunst. Stille, ein kehliges Brummen, und wieder dieser Schrei... doch jetzt enthielt er mehr Wut als Angst und brach plötzlich ab.

Phil rührte sich nicht. Ganz gleich, was da vor ihm geschah, es ging ihn nichts an, und in anderer Leute Angelegenheiten mischte er sich nur ein, wenn ihm zugesichert wurde, daß für ihn dabei was abfiel. Außerdem war er nicht bewaffnet. Dann dachte er an die 400 Dollar in seiner Tasche, die er gerade beim Pokern gewonnen hatte. Bis jetzt hatte ihm das Glück an diesem Abend gelacht – würde es ihm vielleicht noch ein bißchen weiterhelfen, wenn er ihm die Gelegenheit dazu gab? Entschlossen drückte er sich den Hut tiefer auf den Kopf und lief auf die Lichter zu.

Der Nebel half den Scheinwerfern zu verbergen, was in den beiden Wagen vor sich ging, als er sich ihnen näherte; Phil konnte lediglich ausmachen, daß zumindest von einem der Motor lief. Er rannte um den Wagen herum, einen Sportwagen, und bremste seinen Schwung, indem er sich an einem der Kotflügel festhielt. Den Bruchteil einer Sekunde hing er da, während sich dunkle Augen aus einem Gesicht, das von einer muskulösen Hand halb verdeckt wurde, glühend in seine bohrten.

Phil stürzte sich auf den Mann, dem die Hand gehörte; seine Finger schlossen sich um einen kräftigen Hals. Eine weiße Flamme versengte ihm die Augen, der Boden unter seinen Füßen wurde weich und wogte umher, als sei er Teil des Nebels. Alles – die glühenden Augen, die muskulöse Hand, die Vorhänge an den Wagenfenstern – sauste auf ihn zu ...

Phil richtete sich vom nassen Pflaster auf und befühlte seinen Kopf. Seine Finger fanden eine schmerzende Schwellung, die über dem linken Ohr begann und sich fast bis zum Scheitel erstreckte. Beide Automobile waren verschwunden. Passanten waren nicht zu sehen. Licht drang aus einigen Fenstern, überall waren irgendwelche Gestalten zu sehen, und neugierige Stimmen riefen Fragen in den Nebel.

Gegen sein Schwindelgefühl ankämpfend, rappelte er sich mühsam hoch, obwohl er sich am liebsten wieder auf die kühle, feuchte Straße gelegt hätte. Auf der Suche nach seinem Hut fand er eine kleine Damenhandtasche und steckte sie ein. Er zog seinen Hut aus dem Rinnstein, setzte ihn sich so schief auf, daß er die Beule nicht berührte, und machte sich auf den Heimweg, ohne auf die Fragen der Schaulustigen in ihren Pyjamas zu achten.

Selbst im Schlafanzug und beruhigt, daß seine Kopfverletzung nur leicht war, wandte Phil seine Aufmerksamkeit schließlich dem Souvenir seines Abenteuers zu. Es handelte sich um einen kleinen schwarzen Seidenbeutel, der mit Silberkügelchen besetzt und noch feucht von der Straße war.

Als er den Inhalt aufs Bett schüttete, fiel ihm ein Bündel Banknoten ins Auge. Er zählte das Geld und stellte fest, daß es insgesamt 355 Dollar waren. Grinsend stopfte er die Scheine in die Tasche seines Bademantels. »Vierhundert beim Pokern gewonnen, und dreihundertfünfzig für einen Schlag auf den Kopf – ein ziemlich guter Abend!«

Er musterte die anderen Gegenstände und steckte sie zurück in das Täschchen: einen goldenen Drehbleistift, einen Goldring mit einem Opal, ein Damentaschentuch mit einer grauen Kante und einem Zeichen in einer Ecke, aus dem er nicht schlau wurde, eine Puderdose, ein kleiner Spiegel, ein Lippenstift, einige Haarnadeln und ein zerknülltes Blatt Briefpapier, das mit fremdartigen, exotischen Buchstaben beschriftet war.

Er strich das Papier glatt und betrachtete es näher, konnte sich aber keinen Reim darauf machen. Irgendeine asiatische Sprache vielleicht. Er nahm noch einmal den Ring aus der Tasche und überlegte, was er wohl bringen würde. Zwar kannte er sich mit Juwelen nicht besonders aus, kam aber dennoch zu dem Schluß, daß der Klunker nicht viel wert sein konnte – höchstens 50 Dollar. Trotzdem, 50 Dollar sind 50 Dollar. Er legte den Ring zu dem Geld, steckte sich eine Zigarette an und ging ins Bett.

Phil erwachte gegen Mittag. Sein Kopf reagierte noch immer empfindlich auf jede Berührung, aber die Schwellung war weg. Er machte sich auf den Weg in die Stadt, kaufte sich die ersten Ausgaben der Nachmittagszeitungen und las sie, während er frühstückte. Das Handgemenge auf der Washington Street wurde nirgends erwähnt, und die »Verloren/Gefunden«-Rubriken enthielten nichts, was sich auf das Handtäschchen bezog. In der folgenden Nacht spielte er bis zum Morgengrauen Poker und gewann 240 Dollar. In einer rund um die Uhr geöffneten Imbißstube las er anschließend die Morgenzeitungen. Immer noch nichts über das

Handgemenge, aber unter den Kleinanzeigen im *Chronicle* stand zu lesen:

»Verloren: Dienstag frühmorgens, schwarzes, mit Silber besetztes seidenes Damenhandtäschchen, enthielt Geld, Ring, goldenen Bleistift, Brief etc. Finder kann Geld behalten, wenn andere Gegenstände zurückgegeben werden. Bitte beim *Chronicle* melden.«

Er grinste, zog dann die Stirn in Falten und starrte nachdenklich auf die Anzeige. Der Ring konnte keine 300 Dollar wert sein. Er zog ihn aus der Tasche, wobei er ihn mit der Hand gegen zufällige Blicke aus der Imbißstube abschirmte. Nein, eines war sicher, 350 Dollar wären ein Wahnsinnspreis. Der Drehbleistift, die Puderdose und die Hülle des Lippenstiftes waren aus Gold, aber, sagen wir mal, 150 Dollar würden den ganzen Tascheninhalt mehr als ersetzen. Übrig blieb der nicht zu entziffernde Brief – das mußte der wahre Wertgegenstand sein! Ein Handgemenge zwischen einer Frau und ein paar Männern morgens um vier, darüber nichts in den Zeitungen, eine verlorene Handtasche mit einem Blatt Papier, das mit fremdländischen Buchstaben bedeckt war, und dann dieses großzügige Angebot – da konnte fast alles dahinterstecken!

Das Vernünftigste wäre jetzt natürlich, entweder der Anzeige keine Beachtung zu schenken und zu behalten, was er gefunden hatte, oder aber das Angebot anzunehmen und alles bis auf das Geld an den *Chronicle* zu schicken. Beide Möglichkeiten waren absolut risikolos, aber wenn einem Mann das Glück lacht, sollte er auch noch das Letzte rausholen.

Es gibt Zeiten, wie jeder Spieler weiß, da hat man einfach eine Glückssträhne und alles, was man anfaßt, erweist sich als Treffer; dann kommt es darauf an, sein Glück auch wirklich bis zum äußersten auszuquetschen – und kräftig abzusahnen, solange einem die launische Göttin lächelt.

Er dachte an all die, die er gekannt hatte und die im Angesicht der großen Chance ihres Lebens für ihre Ängstlichkeit hatten büßen müssen – Männer, die ein paar Dollar gewonnen hatten, wo sie hätten Tausende haben können, Männer, die aus Mangel an Mut, ihr Glück zu zwingen, wenn es ihnen wohlgesinnt war, aus Unfähigkeit, mit ihrem Glücksstern aufzusteigen, dazu verdammt waren, das ganze Leben lang Hasenfüße zu bleiben.

»Und mir lacht das Glück im Moment«, flüsterte er über dem Ring in seiner Hand. »Tausend Mäuse in zwei Tagen, und das nach der langen Dürre, die ich durchgemacht habe.«

Er steckte den Ring wieder in die Tasche und ging noch einmal die Kette der Ereignisse durch, die zu der Annonce geführt hatten. Zwei Dinge, die bislang nur in seinem Unterbewußtsein geschlummert hatten, kamen nun daraus hervor und nahmen deutlich Gestalt an: die schreiende Stimme hatte sich trotz aller Angst sehr musikalisch angehört, und die Augen, die sich glühend in seine gebohrt hatten, waren sehr schön gewesen.

Mit dem letzten Schluck aus seiner Tasse faßte er einen Entschluß.

»Mit dieser Sache, egal, worum sich's im einzelnen dreht, werd ich mich noch 'ne Weile beschäftigen, mal sehen, was ich dabei rausschlagen kann.«

Morgens um zehn rief Phil im Büro des *Chronicle* an, erzählte dem Mädchen, mit dem er sprach, daß er die Tasche gefunden habe, sie aber keinem anderen als der Eigentümerin persönlich zurückgeben werde, und ging wieder ins Bett.

Um zwei stand er auf und zog sich an. Er legte den Ring zurück in das Täschchen zu den anderen Dingen, von denen nur das Geld fehlte, und schlenderte in die Küche, um sich Frühstück zu machen. Normalerweise ging er zum Essen irgendwohin, aber heute wollte er sicher sein, daß er denjenigen, der anrufen oder vorbeikommen würde, ganz gleich, wer es war, nicht verpaßte. Er hatte seine Mahlzeit kaum beendet, als es an der Tür klingelte.

»Mr. Truax?«

Phil nickte und bat den Besucher herein. Der

Mann, der die Wohnung betrat, war etwa fünfundvierzig Jahre alt, ungefähr so groß wie Phil und vielleicht fünfundzwanzig Pfund schwerer. Er trug anspruchsvolle Kleidung von europäischem Schnitt und einen Spazierstock über dem Arm.

Höflich lächelnd nahm er in einem Sessel Platz und sagte: »Ich werde nur einen kurzen Augenblick Ihrer Zeit in Anspruch nehmen. Ich komme wegen der Handtasche. Bei der Zeitung sagte man mir, daß Sie sie gefunden haben.«

Daß er Ausländer war, entnahm man eher der Genauigkeit seiner Aussprache als irgendeinem Akzent.

»Gehört sie Ihnen?« fragte Phil mit einem nur leicht angedeuteten Lachen.

Die roten Lippen des Besuchers teilten sich und enthüllten zwei Reihen ebenmäßiger, weißer Zähne.

»Sie gehört meiner Nichte, aber ich kann sie genau beschreiben. Es ist ein schwarzer Seidenbeutel von etwa dieser Größe« – mit seinen kleinen, wohlgeformten Händen deutete er ein entsprechendes Rund an –, »der mit Silber besetzt ist und zwischen drei- und vierhundert Dollar, einen goldenen Drehbleistift, einen Ring – einen Opalring –, einen auf russisch geschriebenen Brief und die Puder- und Rougeaccessoires enthält, die man in der Handtasche einer jungen Dame vermuten darf. Vielleicht auch noch ein Taschentuch mit ihren russischen Initialen. Ist das die Tasche, die Sie gefunden haben?«

»Möglich, Mr. –?«

»Entschuldigen Sie, Sir!« Der Besucher zog eine Visitenkarte hervor. »Kapaloff, Boris Kapaloff.«

Phil nahm die Karte und tat, als besehe er sie sich eingehend, während er versuchte, Ordnung in seine Gedanken zu bringen. Er war ganz und gar nicht sicher, ob er Lust hatte, sich in die Angelegenheiten dieses Mannes einzumischen, dessen ganze Erscheinung – die breite Stirn, die sich vom Ansatz des krausen, schwarzen Haars abwärts wölbte und genau über den Brauen einen kleinen Wulst bildete, die schmalen, weit auseinander stehenden, kalten, braunen Augen, die Adlernase mit ihren seitlich scharf vorgestülpten Nasenlöchern, die entschlossenen, allzu roten Lippen, die strenge Kontur von Kinn und Kiefer – von einem Charakter zeugte, der fähig und entschlossen war, sich auf allen Gebieten zu behaupten.

Was List und Tücke anging, betrachtete sich Phil zwar niemandem unterlegen, aber ihm war klar, daß sich seine Machenschaften bislang auf die Welt von Gelegenheitsspielern, Handlangern von Parteibonzen und ähnlichen kleinen Fischen beschränkt hatten. Für eine Partie gegen diesen Mann, dessen Stimme, Erscheinung und Auftreten den Bewohner einer größeren, raffinierteren Welt verrieten, war er nur schlecht gerüstet. Wenn er sich allerdings gleich zu Anfang einen eindeutigen Vorteil verschaffen könnte...

»Wo hat sie die Tasche verloren?«

Die Haltung des Russen blieb gelassen.

»Das wäre schwierig zu sagen«, erwiderte er mit seiner kultivierten, musikalischen Stimme. »Meine Nichte war auf einem Ball und brachte anschließend erst Freunde nach Hause, ehe sie selber heimfuhr. Die Tasche kann überall aus dem Wagen gefallen sein.«

Phil spürte die Versuchung, das Handgemenge auf der Washington Street zu erwähnen. Möglich, daß Kapaloff an dem Morgen dabeigewesen war, aber offensichtlich erkannte er Phil nicht wieder. Die Tasche konnte auch von jemand anderem gefunden worden sein, der später an der Stelle vorbeigekommen war. Phil beschloß, Kapaloff über diesen Punkt möglichst lange im Zweifel zu lassen; die leise Furcht vor einer entscheidenden Kraftprobe mit diesem höflichen Russen drängte ihn außerdem dazu, den Zusammenstoß, der daraus folgen mochte, hinauszuschieben. Es ging nichts verloren, wenn er erst mal abwartete...

Kapaloff gestattete einer leichten Ungeduld, einen Schatten auf seine Miene zu werfen. »Also, was ist mit der Tasche?«

»Die dreihundertfünfundfünfzig Dollar sind der Finderlohn?« fragte Phil.

Kapaloff seufzte gottergeben.

»Leider ja. Ist natürlich lächerlich, aber vielleicht kennen Sie sich ja ein wenig mit jungen Damen aus. Meine Nichte liebt den Opalring so sehr – ist ein Firlefanz und nicht viel wert. Kaum bemerkte sie den Verlust, rief sie auch schon die Redaktion dieser Zeitung an und versprach das Geld als Finderlohn. Lächerlich! Schon hundert Dollar wären als Gegenwart für alles in der Tasche maßlos übertrieben. Aber da das Angebot nun mal gemacht ist, werden wir uns damit abfinden müssen.«

Phil nickte. Kapaloff log – da gab es keinen Zweifel –, aber er war nicht der Typ, den man unverhohlen bloßstellte. Phil rutschte nervös hin und her und bemerkte, daß er dem Blick seines Besuchers auswich. Eine Welle der Selbstverachtung stieg in ihm hoch. Na fabelhaft, dachte er, läßt dich von diesem Kerl in deiner eigenen Wohnung bluffen, bloß weil er 'ne erstklassige Fassade hat.

Er blickte Kapaloff in die haselnußbraunen Augen und fragte vollkommen beiläufig, wobei er jedes Anzeichen dafür, was in seinem Hirn vorging, aus seinem Pokerface verbannte: »Und wie ging der Streit in dem Automobil aus? Ich hab das Ende gar nicht mitgekriegt.«

»Es freut mich sehr, daß Sie das ansprechen!«

rief Kapaloff, und sein Gesicht leuchtete vor freudiger Erleichterung. »Es freut mich wirklich ungemein! Jetzt kann ich mich wenigstens für meine kindischen Täuschungsversuche entschuldigen. Sehen Sie, ich war nicht sicher, ob Sie Zeuge dieses bedauerlichen Vorfalls waren – Sie hätten die Tasche ja auch später gefunden haben können –, obwohl man mir sagte, daß jemand einzugreifen versuchte. Sie sind doch nicht ernstlich verletzt worden?« In seiner Stimme klang Besorgnis mit.

Nichts von der Verblüffung, dem Verdruß, der Erkenntnis seiner Niederlage, die durch Phils Hirn rasten, war in seinem Gesicht zu entdecken. Er versuchte, sich der kühlen Höflichkeit des anderen gewachsen zu zeigen. »Ganz und gar nicht. Leichtes Kopfweh am Morgen, ein paar Stunden eine kleine Beule – nicht der Rede wert.«

»Wunderbar!« rief Kapaloff. »Wunderbar! Und ich möchte Ihnen danken, daß Sie versucht haben, meiner Nichte Beistand zu leisten, auch wenn ich Ihnen versichern muß, daß es ein großes Glück war, daß Sie keinen Erfolg hatten. Wir schulden Ihnen natürlich eine Erklärung – meine Nichte und ich –, und wenn Sie erlauben, werde ich versuchen, mit der Geschichte nicht allzuviel von Ihrer Zeit in Anspruch zu nehmen. Wir sind Russen – meine Nichte und ich –, und als der Zar abgesetzt wurde, war für uns in unserer Heimat kein Platz mehr. Damals hießen wir noch nicht Kapaloff, aber was ist ein Titel, wenn die Dynastie, auf der er beruht, und die Besitztümer, die daraus erwachsen, verschwunden sind? Was wir zwischen dem Ausbruch der Revolution und unserer Flucht aus Rußland erlitten haben, das möge niemand anderem je widerfahren!«

Eine Wolke überzog sein Gesicht mit Schmerz, doch mit einer Gebärde seiner schönen Hand wischte er sie beiseite.

»Meine Nichte mußte mit ansehen, wie innerhalb von zehn Minuten ihr Vater und ihr Verlobter niedergestreckt wurden. Noch Monate danach lebte sie in einer anderen Wirklichkeit – einem Alptraum. Wir wachten Tag und Nacht über sie, aus Angst, ihre fortwährenden Versuche, sich selbst zu zerstören, könnten erfolgreich sein. Erst allmählich kehrte sie wieder zu uns zurück. Etwa sechs Monate glaubten wir, sie sei wiederhergestellt. Ihre Nervenärzte versicherten uns, sie sei endgültig geheilt.

Und dann fand sie letzten Montag, spätabends, zwischen den Seiten eines alten Buches plötzlich eine Fotografie von Kondra – so hieß ihr Verlobter –, und der Verstand des armen Kindes versagte von neuem. Sie lief auf die Straße und schrie, sie müsse zurück nach Petrograd, zu Kondra. Ich war nicht zu Hause, aber mein Kammerdiener und mein Sekretär folgten ihr, fingen sie irgendwo in der Stadt wieder ein und kehrten mit ihr nach Hause zurück. Die Grobheit, mit der Ihre Ritterlichkeit vergolten wurde – ich muß Sie dafür um Entschuldigung bitten. Serge und Mikhail haben noch nicht gelernt, sich in ihrem Eifer zu mäßigen. Für sie bin ich immer noch ›Seine Exzellenz‹, in deren Diensten alles erlaubt ist.«

Kapaloff hielt inne, als erwarte er, daß Phil eine Bemerkung mache, aber der schwieg. Sein Gehirn sagte ihm immer wieder: Dieser Kerl hat dich verprügelt! Der großzügige Finderlohn wird auch durch diese Geschichte nicht erklärt, aber ich komme ihm noch drauf, bevor er mit seiner Geschichte fertig ist.

Der freundliche Blick war noch immer auf Phil gerichtet, als Kapaloff die Prophezeiung bereits wahr machte. »Als meine Nichte sicher zu Hause war und ich hörte, was vorgefallen war, ließ ich die Annonce in die Zeitung setzen. Es schien mir der aussichtsreichste Weg zu sein, in Erfahrung zu bringen, wie schwer der Mann verletzt worden war, der versucht hatte, meiner Nichte zu helfen. War er unverletzt und hatte die Tasche gefunden, würde er sie beim *Chronicle* abliefern, und die dreihundertfünfzig Dollar wären als Entschädigung für seine Bemühungen wenig genug. War er aber ernsthaft verletzt, würde er die Anzeige dazu benutzen, sich mit mir in Verbindung zu setzen, und ich konnte dann weitere Schritte unternehmen, mich ihm erkenntlich zu zeigen. Wäre die Tasche von jemand anderem gefunden worden, hätte mich das alles zwar nicht viel weitergebracht, aber Sie werden verstehen, daß ich nicht den Wunsch habe, daß der bedrückende Zustand meiner Nichte in den Zeitungen öffentlich zur Schau gestellt wird.«

Er machte eine Pause und wartete, daß Phil etwas sagte.

Als das Schweigen langsam peinlich wurde, rutschte Phil in seinem Sessel herum und fragte: »Und Ihre Nichte – wie geht es ihr jetzt?«

»Offensichtlich wieder gut. Ich habe gleich einen Arzt kommen lassen, als sie wieder zu Hause war. Er hat ihr ein Opiat verabreicht, und sie ist erst am Nachmittag darauf erwacht, als sei nichts Ungewöhnliches geschehen. Es kann sein, daß sie nie wieder heimgesucht wird.«

Phil machte Anstalten, sich aus seinem Sessel zu erheben, um die Tasche zu holen. Es schien keinen ersichtlichen Grund zu geben, die Geschichte des Russen zu bezweifeln – bis auf die Tatsache, daß Phil sie nicht glauben wollte. War die Sache tatsächlich lupenrein?

Er machte es sich in seinem Sessel von neuem bequem. Wenn alles stimmte, hätte Kapaloff dann die Annonce so abgefaßt, daß die Tasche beim *Chronicle* abgegeben wurde? Würde er dem Finder nicht Fragen haben stellen wollen?

Der Russe wartete, daß Phil sich irgendwie äußerte, aber der wußte nicht, was er sagen sollte. Er brauchte Zeit, um sorgsam über die Geschichte nachzudenken; ohne daß der Blick dieser haselnußbraunen Augen auf ihn gerichtet war, der trotz aller Verbindlichkeit lanzenscharf war.

»Mr. Kapaloff«, sagte er zögernd, »was mich angeht, so verhält sich die Sache folgendermaßen: Ich habe die Eigentümerin der Tasche gesehen und in einer – nun ja – sonderbaren Lage angetroffen. Nicht«, warf er rasch ein, als Kapaloff die Brauen nach oben zog, »daß ich Ihre Erklärung nicht glauben kann, nur möchte ich sicher sein, daß ich das Richtige tue. Ich muß Sie daher bitten, mir entweder zu gestatten, die Tasche Ihrer Nichte persönlich auszuhändigen oder mit mir zur Polizei zu gehen und dort unsere Geschichte zu erzählen, damit man amtlich Ordnung in die Dinge bringt.«

Kapaloff schien darüber nachzudenken. Dann wandte er ein: »Keine dieser Alternativen scheint mir verlockend. Die erste würde meine Nichte einer unangenehmen Erinnerung aussetzen, und das so rasch nach ihrer Erkrankung. Die zweite – Sie sollten meine Abneigung gegen den Öffentlichkeitsrummel verstehen, der sich ergeben würde, zögen wir die Polizei in die Affäre hinein.«

»Entschuldigung, aber –«, begann Phil, doch

Kapaloff fiel ihm ins Wort, während er sich höflich lächelnd und mit ausgestreckter Hand erhob.

»Ganz und gar nicht, Mr. Truax. Sie sind ein besonnener Mensch. An Ihrer Stelle würde ich wahrscheinlich ähnlich handeln. Wollen Sie mich begleiten und meiner Nichte jetzt sofort einen Besuch machen?«

Phil stand auf und griff nach der zierlichen Hand, die sich ihm entgegenstreckte, und obwohl der Händedruck des Russen ganz leicht war, fühlte Phil, daß sich unter der weichen Haut kräftige Muskeln wölbten.

»Tut mir leid«, log Phil, »aber ich habe in einer halben Stunde eine Verabredung. Vielleicht sind Sie und Ihre Nichte in den nächsten Tagen einmal hier in der Gegend und finden Gelegenheit, die Tasche abzuholen?«

Er hatte nicht die Absicht, sich diesem Mann auf fremdem Boden zu stellen.

»Ausgezeichnet. Sagen wir, morgen um drei?«

Phil wiederholte: »Morgen um drei«, und Kapaloff verabschiedete sich unter Verbeugungen.

Als er allein war, setzte Phil sich hin und versuchte, seinem Hirn die Lösung dieses Rätsels abzuringen, aber er kam damit kaum voran. Von zwei kleineren Dingen abgesehen, war die Geschichte des Russen schlüssig. Und diese beiden Nebensächlichkeiten – die Tatsache, daß er nicht wollte, daß die Polizei in die Sache hineingezogen wurde, und die Tatsache, daß er die Annonce so formuliert hatte, daß seine Anonymität hinter dem Schutz der Zeitung gewahrt blieb –, diese beiden Dinge wollten sich auch bei näherem Hinsehen nicht in die Sache fügen.

Andererseits war es geradezu klassisch, Wahnsinn als Deckmantel einer Schurkerei zu benutzen. Wie viele Verbrechen waren nicht schon unter dem Vorwand begangen worden, das Opfer oder die Zeugen seien wahnsinnig!

Kapaloff hatte sich sehr offen und ehrlich gegeben, und sein Gleichmut hatte ihn bei keiner plötzlichen Wendung der Dinge verlassen, dennoch... Genau das war es, was Phil zweifeln ließ. »Wenn dieser Kerl mir nur ein einziges Mal widersprochen hätte, würde ich ihm vielleicht glauben; aber er war so verdammt verträglich!«

An diesem Abend kam Phil früh nach

Die Karten hatten ihn nicht in ihrem Bann halten können, jetzt, da er mit etwas beschäftigt war, das ein ernsteres und kniffligeres Spiel zu werden drohte. Er knobelte an dem russischen Brief herum, aber seine Augen konnten den Buchstaben keinen Sinn entlocken. Er überlegte, versuchte auf jemand zu kommen, der ihm den Brief würde übersetzen können, aber der einzige Russe, den er kannte, war ein Mann, dem unter keinen Umständen zu trauen war. Er griff zu einer Illustrierten, um darin zu lesen, gab es aber bald auf und kroch ins Bett, wo er sich hin und her wälzte und etliche Zigaretten rauchte, bis er schließlich einschlief.

Der stümperhafteste Einbrecher hätte über die Mühe und den entsprechenden Lärm gelacht, mit dem die beiden Männer Phils Wohnungstür öffneten, aber auch der tollkühnste Verbrecher hätte an ihrer klar zu erkennenden Entschlossenheit nichts komisch gefunden. Sie wollten unter allen Umständen in die Wohnung gelangen, und der Krach, der durch ihre ungeschickten Attacken auf das Schloß entstand, brachte sie absolut nicht aus der Fassung. Vom ersten Moment an war klar, daß sie sich auch dann den Zugang erzwingen würden, wenn sie die Tür einschlagen müßten.

Endlich gab das Schloß nach, aber da lag Phil bereits mit einer Pistole in der Hand und einem selbstsicheren Grinsen im Gesicht platt auf dem Bauch hinter seiner Badezimmertür. Die Ruppigkeit, mit der sie das Schloß bearbeiteten, beseitigte alle Zweifel, die er möglicherweise an seiner Fähigkeit gehabt haben könnte, selbst auf sich aufzupassen.

Die Außentür schwang auf, doch es fiel kein Licht herein. Sie hatten die Lampe im Treppenhaus ausgemacht. Die Angeln quietschten ein bißchen, aber Phil, der durch den Spalt zwischen Badezimmertür und Türpfosten spähte, konnte nichts entdecken. Ein Flüstern und eine Antwort sagten ihm, daß es sich um mindestens zwei Einbrecher handelte. So laut die Männer an der Tür gewesen waren, so leise waren sie jetzt. Ein kaum hörbares Rascheln, dann Stille.

Da Phil nicht wußte, wo die Männer waren, rührte er sich nicht. Aus dem Schlafzimmer war ein leises Klicken zu hören, und der schwache, kurze Lichtschein einer Taschenlampe zeigte, daß der Korridor leer war.

Phil bewegte sich geräuschlos auf das Schlafzimmer zu. Als er an der Tür war, leuchtete die Taschenlampe wieder auf und blieb an. Ihr Strahl richtete sich auf das leere Bett. Phil knipste das Licht an.

Die zwei Männer, die zu beiden Seiten neben dem Bett standen, fuhren gleichzeitig herum und machten einen Schritt nach vorn, um dann vor der drohenden Waffe in Phils Hand zum Stehen zu kommen. Die beiden waren sich sehr ähnlich: die gleichen runden Köpfe, die gleichen grünen Augen unter den ziemlich struppigen Augenbrauen, die gleichen mürrischen Lippen und hohen, breiten Backenknochen. Der mit dem Totschläger in der noch immer erhobenen Hand war allerdings schwerer und breiter als der andere, sein Nasenrücken wurde von einer dunklen Narbe durchfurcht, die direkt unter den Augen von einer Wange zur anderen verlief.

Zwei Sekunden vielleicht standen die Männer reglos da. Dann zuckte der Größere seine kolossalen Schultern und knurrte zu seinem Gefährten ein kurzes Wort hinüber. Die momentane Verwirrung verschwand aus ihren Gesichtern, um durch Mienen strammer Entschlossenheit ersetzt zu werden, während sie sich auf Phil zubewegten.

In seinem Kopf überschlugen sich die Gedanken. Kapaloffs »Sekretär und Kammerdiener« natürlich, und so wie ihre Gleichgültigkeit gegenüber dem Lärm, mit dem sie die Tür aufgebrochen hatten, bereits ihre Entschlossenheit bezeugt hatte, um jeden Preis auszuführen, weswegen sie gekommen waren, so tat es jetzt ihre Gleichgültigkeit gegenüber der Pistole in Phils Hand. So dicht, wie sie vor ihm waren, konnte er kaum hoffen, beide niederzuschießen, doch selbst, wenn es ihm gelänge – bei den polizeilichen Nachforschungen, die folgen mußten, würde zwangsläufig die ganze Geschichte ans Licht kommen, und seine Chancen, noch mehr Profit aus der Affäre zu schlagen, wären zunichte gemacht.

Als die beiden Männer wie zwei aufeinander eingestellte Teile einer Maschine ihre Muskeln zum Sprung spannten, gelang Phil der Abgang. Mit einem Satz war er durch die Schlafzimmertür, drehte sich rasch um und sprang mit dem Schrei »Hilfe! Polizei!« ins Treppenhaus.

Man hörte ein Fauchen an der Tür, ein Gedrängel und dann die Schritte zweier Männer, die durch den dunklen Hausflur zur Eingangstür rannten. Das Lachen, das Phil im Hals hochstieg, ließ seine Schreie verstummen; er schoß eine Kugel in den Fußboden und ging zurück in sein Schlafzimmer.

Vorsichtig kippte er einen Stuhl um und fegte ein paar Bücher und Papiere vom Tisch auf den Fußboden. Dann drehte er sich mit gespielter fassungsloser Aufgeregtheit zu den Schaulustigen in ihren verschiedenen Formen nächtlicher Gewandung um, die auf sein Geschrei hin erschienen waren. Nach einer Weile traf ein Polizist ein, und Phil erzählte seine Geschichte.

»Ich wurde von einem Geräusch wach und sah einen Mann im Zimmer. Ich griff zu meiner Pistole und schrie ihn an, vergaß aber, die Pistole zu entsichern.« Mit geheuchelter Einfalt: »Ich hatte wohl irgendwie Angst. Er rannte ins Treppenhaus, und ich hinter ihm her. Da fiel mir der Sicherungshebel ein, und ich gab einen Schuß ab, aber in der Dunkelheit konnte ich nicht sehen, ob ich ihn getroffen hatte. Ich hab meine Sachen durchgesehen, und ich glaube, er hat nichts mitgenommen, also hat's wohl keinen Schaden gegeben.«

Nachdem die letzte Frage beantwortet und

auch der letzte Neugierige gegangen war, verriegelte Phil seine Tür und klopfte sich auf die Schulter. »Na, das rückt Mr. Kapaloffs Geschichte zurecht. Du hast ihn auffliegen lassen, mein Junge, jetzt laß dich nicht dabei erwischen, daß er dich noch mal ins Bockshorn jagt.«

Donnerstag nachmittag erschienen die Kapaloffs fünf nach drei. Romaine Kapaloff ging auf die Vorstellung ihres Onkels in mühelosem, einwandfreiem Englisch ein und dankte Phil herzlich für seine Bemühungen um sie.

Phil ertappte sich dabei, daß er ihre Hand in seiner hielt und sich äußerst beherrschen mußte, um nicht dumm zu glotzen und ins Stottern zu geraten. Das Mädchen – es konnte nicht älter als neunzehn sein – blickte mit braunen Augen, die neben Phils grauen erstrahlten, zu ihm auf und fragte: »Und Sie sind wirklich nicht verletzt?«

Für Phil war sie wie das allerschönste Wesen, das er je gesehen hatte. Seine Erpressungsversuche kamen ihm plötzlich gemein und schmutzig vor. Und weil er sich über sein Bestreben, möglichst viel aus ihrem Onkel herauszuschlagen, ziemlich schämte und furchtbar nervös war, fiel seine Antwort geradezu barsch aus. In seiner Anstrengung, das Durcheinander in seinem Inneren nicht nach außen dringen zu lassen, machte er ein Gesicht wie ein Dummkopf.

»Überhaupt nicht. Wirklich! Es war gar nichts.«

Kapaloff stand da und beobachtete die beiden mit dem Lächeln des Menschen, der sieht, daß sich seine Schwierigkeiten in Luft aufgelöst haben. Endlich trennten sich ihre Hände, und sie nahmen Platz. Verlegenes Schweigen machte sich breit. Phil wußte, auch wenn sie bis zum Dunkelwerden dort sitzen blieben, es würde ihm unmöglich sein, die Frage nach dem geistigen Gesundheitszustand des Mädchens aufs Tapet zu bringen und eine Bestätigung für die Geschichte ihres Onkels zu fordern, die der Vorwand zu der Begegnung war.

Kapaloff sagte nichts, sondern saß nur da und lächelte die beiden freundlich an. Das Mädchen warf ihrem Onkel einen Blick zu, als erwarte sie, daß er die Unterhaltung beginne, aber als er ihre schweigende Bitte ignorierte, wandte sie sich spontan Phil zu und streckte ihm ihre Hand hin.

»Onkel Boris hat Ihnen von meiner – von der Krankheit erzählt?«

Phil nickte und machte Anstalten, nach der ausgestreckten Hand zu greifen, überlegte es sich aber anders und schlang die Finger zwischen seinen Knien ineinander.

»Dann wissen Sie auch, wie gut es war, daß Sie mit Ihrer Ritterlichkeit erfolglos waren. Ich begreife gar nicht, warum Sie über Onkel Boris'

Geschichte nicht gelacht haben – sie muß sich für Sie so absurd angehört haben. Aber – oh, es ist schrecklich! Nie wieder kann ich Vertrauen zu mir haben, ganz gleich, was die Ärzte sagen!«

Phil stellte fest, daß er schließlich doch ihre Hand ergriffen hatte. Er blickte zu Kapaloff hinüber, der verständnisvoll lächelte. Phil und das Mädchen erhoben sich, und einen kurzen Moment lang lag in Romaines Blick etwas verwirrend Flehendes. Dann war es verschwunden, und sie wandte sich ihrem Onkel zu.

Phil hatte jetzt nur noch einen Gedanken im Kopf: die Tasche auszuhändigen, diese Leute loszuwerden und mit seiner Scham und seinem Abscheu vor sich selbst allein zu sein. Er ging auf die Tür zu.

»Ich hole die Tasche«, sagte er mit müder, leiser Stimme.

Ein Silbertäschchen, das am Handgelenk des Mädchens hing, fiel rasselnd zu Boden. Als Phil sich nach dem Geräusch umdrehte, bückte Kapaloff sich gerade, um die Tasche aufzuheben, und Romaine Kapaloffs Blick traf Phils. Für den Bruchteil einer Sekunde bohrten sich ihre glühenden Augen in Phils, wie sie es am Dienstag morgen getan hatten, und blankes Entsetzen löschte die sanfte junge Schönheit aus ihrem Gesicht.

Dann streckte ihr der Onkel das Täschchen entgegen, ihr Gesicht war wieder friedlich, und

Phil ging auf seine Schlafzimmertür zu, wobei ihm das Blut in den Schläfen pochte. Er setzte sich auf seine Kommode, nagte an seinem Daumennagel und dachte verzweifelt nach. Dann nahm er die Tasche aus der Kommode, schob sie sich unter das Jackett und kehrte zu seinen Gästen zurück.

»Sie ist weg.«

Kapaloffs Liebenswürdigkeit schien ihn jeden Augenblick verlassen zu wollen. Sein Gesicht verfinsterte sich, und er machte einen raschen Schritt nach vorn. Dann hatte er sich wieder im Griff und fragte freundlich: »Sind Sie ganz sicher?«

»Wenn Sie möchten, können Sie ja selbst nachsehen.«

Phil ging ans Telefon und sprach Sekunden später mit dem diensthabenden Beamten im Polizeirevier.

»Letzte Nacht war ein Einbrecher in meiner Wohnung. Einer von Ihren Leuten war danach hier, und ich habe gesagt, ich würde nichts vermissen. Jetzt stelle ich fest, daß eine Damenhandtasche fehlt ... In Ordnung.«

Er drehte sich von dem Telefon zu den Kapaloffs um.

»Ich bin heute morgen irgendwann aufgewacht und hatte zwei Einbrecher im Zimmer. Sie entkamen, und ich habe angenommen, alles sei an Ort und Stelle. An die Tasche habe ich gar nicht gedacht und also auch nicht nachgesehen, ob sie noch da war. Es tut mir leid.«

Die beiden Kapaloffs ließen nicht erkennen, ob sie von dem Einbruch vorher schon gewußt hatten. Boris Kapaloff sagte ruhig: »Sehr schade, aber die Tasche und ihr Inhalt waren nicht so wertvoll, daß wir uns wegen des Verlusts unnötig aufregen müßten.«

»Ich gehe heute nachmittag zum Polizeirevier, um eine Beschreibung abzugeben. Soll ich erklären, daß sie Ihr Eigentum ist und Ihnen übergeben werden soll?«

»Wenn Sie so freundlich wären. Unsere Adresse ist LaJolla Avenue, Burlingame.«

Die Unterhaltung stockte. Mehrere Male schien Kapaloff das Wort ergreifen zu wollen, hielt sich aber schließlich jedesmal zurück. Immer wenn Phils Augen dem Blick des Mädchens begegneten, stand darin eine Frage geschrieben, zu deren Beantwortung er keinen Versuch unternahm.

Die Kapaloffs verabschiedeten sich. Phil schüttelte beiden die Hand, wobei er die unausgesprochene Frage des Mädchens mit einem raschen Händedruck beantwortete.

Als sie gegangen waren, zog er die Tasche hervor, zählte 355 Dollar von den Scheinen in seiner Hosentasche ab und steckte das Geld in das Täschchen. Dann nahm er einen tiefen Atemzug. Das war das Ende einer drei Jahre währenden Suche nach einem »angenehmen Leben«.

Seit seiner Entlassung aus der Army hatte er sich treiben lassen, war mit sich und der Welt über Kreuz gewesen, hatte gespielt, die Dreckarbeit für politische Gruppen erledigt – dabei hatte er vielleicht nie was besonders Verwerfliches getan, sich aber unaufhaltsam tiefer und tiefer in die Unterwelt verstrickt. Als er jetzt zurückblickte, da die Erinnerung an seine Scham und seinen Selbstekel von vor wenigen Minuten noch frisch war, dachte er, daß er sich nicht ganz so wertlos vorkäme, wenn es in seiner Vergangenheit irgendein herausragendes Verbrechen gegeben hätte statt einer Unzahl kleiner Delikte.

Nun, das alles war Vergangenheit! Wenn er dieses Durcheinander hier erst hinter sich hatte, würde er sich einen Job suchen und zu dem Leben zurückkehren, das er gekannt hatte, ehe der Krieg seinen Ambitionen ein Ende setzte.

Er packte die Tasche in dickes Papier, verschnürte alles sorgfältig und klebte es fest zu. Dann brachte er das Paket in die Stadt und übergab es einem befreundeten Besitzer einer Wettannahmestelle, der es in seinen Safe legte.

Zwei Tage blieb Phil zu Hause – Tage, an denen er beim ersten Ton der Klingel ans Telefon stürzte. Er versuchte, Romaine Kapaloff telefonisch zu erreichen, kam bis zu ihrem Haus durch und erhielt in einer barschen Stimme in gebrochenem Englisch die Auskunft, sie sei nicht zu Hause. Dreimal versuchte er es, aber das Ergebnis war immer das gleiche. Dann versuchte er, mit ihrem Onkel zu sprechen, und erhielt dieselbe Antwort.

In der zweiten Nacht schlief er fast überhaupt nicht. Er döste ein und wurde blitzartig wieder wach, weil er meinte, das Telefon habe geklingelt, raste zum Apparat und bekam die Frage zu hören: »Welche Nummer wünschen Sie?«

Dann beschloß er, nicht mehr zu warten. Wenn einem das Glück lacht, soll man die Entscheidung erzwingen – nicht untätig warten, bis es sich wendet...

Problemlos fand Phil in Burlingame das Haus der Kapaloffs. Bei der ersten Tankstelle, an der er fragte, war ihr Name zwar unbekannt, aber man wußte, wo »die Russen« wohnten. Selbst im Dunkeln hatte er keine Schwierigkeiten, das Haus nach der Beschreibung des Tankwarts wiederzuerkennen.

Er fuhr daran vorbei, stieg im finstersten Schatten, den er finden konnte, aus seinem Leihwagen und ging zu Fuß zurück. Das Haus türmte sich im Dunkeln riesenhaft vor ihm auf, ein mächtiges, graues Gebäude in einem Park, der von einem hohen, mit Hecken überwachsenen Eisenzaun umgeben war. Das nächste Haus war mindestens eine halbe Meile entfernt.

Nirgends war ein Licht zu sehen, und Phil stellte fest, daß die Eingangspforte verschlossen war. Er überquerte die Straße und hockte sich fünfzig, sechzig Meter entfernt unter einen Baum. Sein Plan bestand lediglich darin, in der Nähe zu warten, bis er Romaine zu Gesicht bekam, sich ihm irgendeine Möglichkeit bot, mit ihr in Verbindung zu treten, oder er einen Weg fand, auf dem sein Glück ihn zur Lösung des wie auch immer gearteten Rätsels führte, das in dem Haus da drüben auf der anderen Straßenseite steckte.

Aller Wahrscheinlichkeit nach war Romaine eine Gefangene, sonst hätte sie ihm inzwischen eine Nachricht zukommen lassen. Seine Uhr zeigte 10 Uhr 15.

Er wartete.

Als seine Uhr auf 1 Uhr 30 stand, setzten sich seine Jugend und das Vertrauen in sein Glück über seine Geduld hinweg. Man konnte ebensogut zu Hause im Bett liegen wie hier draußen herumsitzen und darauf warten, daß etwas passierte. Wenn einem das Glück lacht...

Er ging an dem grün überwachsenen Zaun entlang, bis er einen Baum mit einem Ast fand, der zur anderen Seite hinüberragte. Er kletterte auf den Baum, kroch auf den überhängenden Ast, baumelte einen Moment lang daran hin und her und ließ sich fallen.

Mit Händen und Knien landete er auf einem

weichen, feuchten Lehmboden. Vorsichtig schlich er vorwärts, wobei er eine Gruppe von Büschen zwischen sich und dem Haus behielt. Als er die Büsche erreichte, blieb er stehen. Bis zum Haus hinüber gab es nun nichts mehr, was ihm hätte Deckung bieten können, und er hatte Angst, sich schutzlos ins bleiche Sternenlicht hinauszuwagen.

Wieder wartete er.

Eine Dreiviertelstunde verging, dann hörte er, daß irgendwo Metall gegen Holz schabte. Sehen konnte er nichts. Das Geräusch kam wieder, und er erkannte es: Jemand öffnete vorsichtig einen Fensterladen und hielt bei jedem Geräusch des Riegels inne.

Hinter dem Haus kläfften plötzlich Hunde los, und ein Rudel riesiger Bestien kam um die Ecke gefegt und warf sich wütend gegen eines der unteren Fenster.

Phil hörte, wie der Fensterladen laut zugeknallt wurde. Hinter den Hunden stolperte ein Mann her. Der Laden ging wieder auf, und Kapaloff beugte sich heraus und sprach mit dem Mann im Vorgarten. Über die Worte der beiden hinweg hörte Phil Romaine Kapaloffs wütend erhobene Stimme. Im Lichtrechteck, das aus dem Fenster fiel, krochen und sprangen sechs Wolfshunde herum – nicht die ruhigen, gut erzogenen Hündchen, mit denen Frau Gnä' promenieren geht, sondern mächtige, zottige

Wolfskiller aus fernen Steppen, die vom Boden bis zur Schulter halb so groß wie ein Mensch und Kampfmaschinen von jeweils mehr als hundert Pfund Gewicht waren.

Phil hielt den Atem an, duckte sich hinter seine Büsche und betete, daß es stimmte, was er irgendwo über diese Wolfshunde gehört hatte, daß sie nämlich nach Sicht und nicht nach Witterung jagten und daß ihren Nasen seine Anwesenheit somit verborgen bliebe.

Kapaloff zog den Kopf zurück und schloß den Fensterladen. Der Mann im Garten schrie den Hunden etwas zu, und sie folgten ihm zurück hinter das Haus. Eine Tür fiel ins Schloß und stellte das Hundegebell ab. Phil war schweißnaß, aber er wußte jetzt, daß die Hunde im Haus gehalten wurden.

Aus einem der oberen Stockwerke drang ein gedämpfter Schrei, und etwas fiel gegen einen Fensterladen. Dann Stille. Das Geräusch war von der Vorderseite des Hauses gekommen, entschied Phil – vermutlich aus dem Eckzimmer im zweiten Stock.

Einen Moment lang war Phil nahe daran, kehrtzumachen und die Dienste der Polizei in Anspruch zu nehmen; doch er war es nicht gewohnt, mit den Hütern von Recht und Ordnung zusammenzuarbeiten – die wenigen Male, die er mit dem Gesetz in Berührung gekommen war, hatte die Polizei auf der anderen Seite gestanden. Und würden dem gewandten Kapaloff nicht außerdem seine aristokratischen Manieren, sein Ansehen als Hauseigentümer und seine anscheinend unanfechtbare Stellung in der Welt von Vorteil sein?

Gegen all das stünde Phil allein da, nur mit seinem Wort und einer vagen Geschichte, bestärkt durch drei Jahre Leben ohne »sichtbare Hilfsmittel«, wie das die Polizei nennt. Er konnte sich vorstellen, was dabei herauskäme. Nein, er mußte diese Sache allein durchziehen.

Er verließ das schützende Buschwerk und kroch zur Vorderseite des Hauses. An der Ecke hielt er inne, um das Gebäude genau zu betrachten. Soweit er es im Dunkeln ausmachen konnte, war jedes Fenster mit einem Laden versehen. Er scheute sich, mit den Fensterläden im Parterre einen Versuch zu wagen, zudem war es unwahrscheinlich, daß einer von ihnen nicht verriegelt sein sollte.

Die oberen Fenster versprachen da schon eher, Einlaß zu bieten. Er kroch zur Veranda hoch, zog sich die Schuhe aus und steckte sie in seine Gesäßtaschen. Dann stieg er auf die Verandabrüstung, umklammerte mit Armen und Beinen eine Säule und kletterte an ihr hinauf, bis seine Finger an den Rand des Verandadachs stießen. Leise zog er sich daran hoch und blieb mit dem Gesicht nach unten auf den Dachschindeln liegen. Kein Geräusch war aus Haus oder Garten zu hören. Auf allen vieren kroch er von Fenster zu Fenster und zog an den Läden. Alle waren fest verschlossen.

Er setzte sich auf und besah sich die Fenster im zweiten Stock. Das ganz links mußte zu dem Zimmer gehören, aus dem die letzten Geräusche zu hören gewesen waren – Romaine Kapaloffs Zimmer, wenn seine Überlegungen richtig waren. Ein Regenrohr führte an der Hausecke nach oben, etwa eine Armlänge am fraglichen Fenster vorbei. Wenn das Rohr seinem Gewicht standhielt, konnte er das Fenster erreichen und es wagen, dem Mädchen ein Zeichen zu geben. Er robbte hinüber, inspizierte das Rohr und rüttelte daran. Es wackelte ein bißchen, aber er beschloß, die Sache zu riskieren.

Für die bestrumpften Zehen des einen Fußes fand er eine Nische, zog sich hinauf, langte mit den Händen nach einem höhergelegenen Halt am Regenrohr und suchte mit dem anderen Fuß nach einer Stütze. Plötzlich hörte er etwas reißen, Blech klapperte, und Phil plumpste mit einem Stück Regenrohr in der Hand auf das Verandadach.

Er rollte herum, ließ das Rohr los und hielt sich gerade noch rechtzeitig am Dach fest, um nicht über den Rand zu kullern. Das herrenlose Stück Blech schlug scheppernd aufs Dach und rollte über den Rand, um unten laut klappernd auf den gepflasterten Weg zu fallen.

Von einem Moment zum anderen war die Nacht mit wütendem Hundegeknurr erfüllt. Das Rudel kam um die Ecke gerast, warf sich gegen die Veranda und jagte im Garten hin und her – geschmeidige, bösartige Schatten im Sternenlicht, mit blitzenden, tropfenden Kiefern. Phil spähte über den Rand des Daches und sah einen Mann, der den Hunden folgte und etwas metallisch Glänzendes in der Hand hielt.

Hinter Phil entstand ein Geräusch. Im ersten Stock wurde ein Fensterladen geöffnet. Er kroch heran und blieb dicht an der Mauer rücklings darunter liegen. Der Laden schwang auf, und ein Mann beugte sich hinaus – der Mann mit der Narbe im Gesicht.

Phil lag reglos mit angehaltenem Atem und angespannten Gliedern da, den Zeigefinger fest um den Abzug seiner Pistole gelegt, deren Mündung keine sechs Zoll von dem sich schräg über ihn neigenden Körper entfernt war.

Der Mann rief dem anderen im Garten eine Frage zu. Die Haustür ging auf, und Kapaloffs ruhige Stimme war zu hören. Der Mann am Fenster und der im Garten riefen Kapaloff etwas auf russisch zu; der antwortete.

Dann trat der Mann vom Fenster zurück, seine Schritte entfernten sich, und eine Tür schloß sich hinter ihm. Das Fenster blieb offen. Im selben Augenblick sprang Phil über das Fensterbrett in das dunkle Zimmer. Als seine Füße den

Boden berührten, merkte er, daß etwas nicht stimmte, er vernahm ein Grunzen und machte blindlings einen Satz nach vorn. Der Raum füllte sich mit hüpfenden Lichtern, und in seinen Ohren hörte er ein lautes Dröhnen ...

Als Phil aufwachte, brannten seine Nasenlöcher vom Salmiakgeist, der ihm von dem Mann mit dem Narbengesicht verabreicht wurde. Phil versuchte die Flasche wegzustoßen, aber seine Hände waren gefesselt. Auch die Füße waren zusammengebunden.

Er drehte den Kopf von einer Seite zur anderen und sah sich um. Er lag, bis auf Jackett und Schuhe völlig bekleidet, auf einem Bett in einem luxuriös möblierten Schlafgemach.

Kapaloff stand auf der anderen Seite des Raumes und betrachtete ihn mit leicht spöttischem Lächeln. Links neben dem Bett stand der Mann mit der Narbe, und auf der gegenüberliegenden Seite der andere, der mit ihm zusammen in Phils Wohnung eingedrungen war. Kapaloff sagte etwas, und der Mann rechts half Phil in eine Sitzhaltung auf.

Phils Kopf tat entsetzlich weh, doch er nahm sich ein Vorbild an Kapaloff und versuchte, seinem Gesicht nichts anmerken zu lassen – als finde er an seiner Lage nichts Beunruhigendes. Kapaloff kam ans Bett und fragte besorgt: »Sie sind doch hoffentlich auch diesmal nicht ernstlich verletzt?«

»Das glaube ich nicht. Aber wenn Ihre Killer hier so weitermachen, werden sie mir noch ein Loch in den Kopf schlagen.«

Kapaloff entblößte seine Zähne zu einem verbindlichen Lächeln. »Sie sind der glückliche Besitzer eines harten Schädels. Ich hoffe nur, er wird sich meiner Überzeugungskraft gegenüber zugänglich erweisen.«

Phil sagte nichts. Er benötigte jedes Fünkchen seines Willens, damit sein Gesicht völlig gelassen blieb. Die Schmerzen in seinem Kopf waren unerträglich. Kapaloff redete weiter, und in seiner Stimme schwang eine Mischung aus Freundlichkeit und scherzhafter Herausforderung.

»Ihre Hartnäckigkeit, mit der Sie sich an diese Handtasche klammern, wäre unter anderen Umständen zu bewundern, doch der Sache muß jetzt wirklich ein Ende gemacht werden. Ich muß darauf bestehen, daß Sie mir sagen, wo die Tasche ist.«

»Und wenn mein Schädel drinnen auch hart bleibt?« fühlte Phil vor.

»Das wäre sehr bedauerlich. Aber Sie werden doch vernünftig sein, nicht wahr? Als Sie in diese Affäre hineinstolperten, erkannten oder vermuteten Sie vieles, was nicht direkt an der Oberfläche lag – da Sie ein außergewöhnlich scharfsinniger junger Mann sind –, und Sie nahmen an, Sie könnten ans Licht befördern, was da möglicherweise verborgen war, und ein bißchen... nun ja, vielleicht nicht Schweigegeld einfordern, auch wenn ein primitiver Kopf das so nennen könnte. Jetzt müssen Sie allerdings einsehen, daß ich im Vorteil bin, und sicherlich sind Sie Sportsmann genug, um eine Niederlage anzuerkennen und auf die Bedingungen einzugehen, die ich Ihnen stelle.«

»Und was sind das für Bedingungen?«

»Mir die Tasche auszuhändigen und einige Papiere zu unterzeichnen.«

»Papiere? Wozu?«

»Oh, die Papiere sind nicht wichtig, bloß eine Vorsichtsmaßnahme. Sie werden nicht erfahren, was genau sie enthalten – nur ein paar vermeintlich von Ihnen abgegebene Erklärungen: Geständnisse gewisser Vergehen vielleicht – um mir die Gewähr zu geben, daß Sie hinterher nicht die Polizei bemühen. Ich bin ganz offen zu Ihnen. Ich weiß nicht, wo Sie die Tasche versteckt haben. Nachdem Sie so bereitwillig durch das Fenster gestiegen sind, das Mikhail für Sie offengelassen hat, waren er und Serge noch einmal in Ihrer Wohnung. Allerdings ohne Erfolg. Also mache ich Ihnen ein Angebot. Die Tasche, Ihre Unterschrift, und Sie erhalten noch fünfhundert Dollar über das Geld hinaus, das in der Tasche war.«

»Und wenn mir diese Bedingungen nicht gefallen?«

»Das wäre wirklich *sehr* bedauerlich«, beteuerte Kapaloff. »Serge« – er machte eine Kopfbewegung zu dem Mann hinüber, der Phil geholfen hatte, sich aufzusetzen – »geht bemerkenswert geschickt mit einem glühenden Messer um: Und wenn er sich daran erinnert, auf welch lächerliche Weise Sie ihn und Mikhail in die Flucht geschlagen haben, könnte ich mir denken, daß er es durchaus genießen würde, Sie als Opfer seiner Verspieltheit unter den Händen zu haben.«

Phil drehte den Kopf und tat so, als blicke er Serge an, aber er konnte den Mann kaum sehen. Er versuchte sich einzureden, daß diese Drohung nur ein Bluff war, daß Kapaloff es nicht wagen würde, ihn zu foltern, doch dieser Versuch scheiterte kläglich. Falls seine Menschenkenntnis überhaupt etwas taugte, dann war dieser Russe jemand, der vor nichts haltmachen würde, um sein Ziel zu erreichen.

Phil beschloß, sich nicht jeder unerträglichen Qual auszusetzen, um die Tasche zu retten. Erstens wußte er nicht, wie wertvoll der Brief überhaupt sein mochte, zweitens war er offensichtlich der einzige Verbündete des Mädchens, und er schmeichelte sich, als Beistand wertvoller zu sein, als das ein Brief je sein konnte. Er würde allerdings auch um den allerletzten Zentimeter Boden kämpfen – und bis zum letzten Augenblick bluffen.

»Ich kann auf keine Bedingungen eingehen, ehe ich nicht mit Ihrer Nichte gesprochen habe.«

Kapaloff protestierte freundlich, aber bestimmt. »Das ist unmöglich. Es tut mir leid, aber Sie müssen verstehen, daß meine Lage sehr heikel ist, und ich kann nicht zulassen, daß sie noch komplizierter wird.«

»Kein Gespräch, kein Abkommen«, lehnte Phil kategorisch ab.

Kapaloff konnte nicht umhin, besorgt die Stirn zu runzeln. »Überlegen Sie es sich noch einmal. Sie müssen wissen, daß mir die Notwendigkeit, Sie leiden zu lassen, keine Freude machen wird. Im Grunde« – ein humorvolles Lächeln – »wird Serge der einzige Beteiligte sein, der es genießt.«

»Holen Sie das Messer«, sagte Phil gelassen. »Kein Gespräch, kein Abkommen.«

Kapaloff nickte Serge zu, der das Zimmer verließ.

»Es hat ja keine Eile – einige Minuten Verzögerung machen nichts aus«, drängte Kapaloff. »Bedenken Sie Ihre Lage. Überlegen Sie! Unter Serges Könnerhänden werden Sie reden – zweifeln Sie nicht daran –, aber dann gehen Ihnen die zusätzlichen fünfhundert Dollar verloren, abgesehen davon, daß Sie mir nicht wenig Pein bereiten, ganz zu schweigen von Ihrer eigenen Misere.«

Phils Lächeln stand dem Kapaloffs an Umgänglichkeit nicht nach. »Es wäre reine Zeitverschwendung. Wenn ich Miss Kapaloff nicht sehen darf, bleibe ich bei meinem Wort.«

Serge kam mit einer Spirituslampe und einem kleinen Dolch zurück. Er stellte die Lampe auf den Tisch, zündete sie an und hielt die Klinge in die Flamme.

Phils Gesicht war völlig ruhig. Er bemerkte plötzlich, daß die Hand, die den Dolch hielt, zitterte, und als er den Blick hob, sah er auf Serges Stirn winzige Schweißtropfen glänzen. Sein Gesicht wirkte verstört, und weiße Linien zeichneten sich um seinen Mund ab.

Mikhail drückte Phil wieder aufs Bett hinunter und packte ihn fest an den Fußknöcheln. Phil sagte nichts. So allmählich begann er sich zu amüsieren – da ihm klar war, daß er die Geschichte mit einem Wort würde stoppen können. Serges Knie schlotterten jetzt ganz beträchtlich, und Mikhails Finger an Phils Fußgelenken zuckten und waren feucht von Schweiß.

Phil grinste und wandte sich voll Spott an Kapaloff. »Sie sollten mit Ihren Leuten vorher proben. Ich wette, ihre Folterkünste sind nicht besser als ihre Einbruchstalente.«

Kapaloff lachte gutmütig in sich hinein. »Sie müssen allerdings bedenken, daß ein ungeschickter Folterer Ergebnisse erzielen kann, die über die eines erfahrenen weit hinausgehen.«

Serge trat ans Bett, der Dolch glühte in seiner zitternden Hand.

Phil sagte beiläufig: »Wenn es Ihnen nichts ausmacht, würde ich mich gern aufsetzen und mir das ansehen.«

»Aber gewiß doch!« Kapaloff half ihm persönlich auf. »Kann ich sonst noch irgend etwas tun, um Ihnen die Sache erträglicher zu machen?«

»Danke, nein. Ich komme sehr gut zurecht.«

Serge streckte den glühenden Dolch den Sohlen von Phils Füßen entgegen, die Mikhail von ihren Strümpfen befreit hatte. Die Klinge zitterte in den ängstlichen Händen des Mannes, seine Augen traten hervor, und sein Gesicht war in Schweiß gebadet. Mikhails Finger gruben sich in Phils Fußgelenke und kneteten schmerzhaft das Fleisch: Beide Helfer Kapaloffs atmeten heiser.

Phil zwang sich, den Schmerz, den ihm Mikhails fester Griff verursachte, zu ignorieren, und lächelte spöttisch. Die Spitze des Dolchs war jetzt weniger als drei Zentimeter von seinen Füßen entfernt. Doch dann ließ Serge ihn zu Boden fallen und wich vom Bett zurück. Kapaloff sprach mit ihm. Langsam bückte sich Serge nach dem Messer und ging zurück zur Spirituslampe, um den Stahl von neuem zum Glühen zu bringen, während sein Körper zitterte, als habe er Schüttelfrost.

Als er erneut herantrat, hielt er seine Zähne hinter zusammengepreßten, blutlosen Lippen fest zusammengebissen. Er beugte sich über das Bett, und Phil fühlte die Hitze der näherkommenden Klinge. Lässig blickte er zu Kapaloff hinüber, womit er seine Schauspielerei auf die Spitze trieb, kurz bevor er die Waffen strecken würde.

Da warf Serge plötzlich mit einem erstickten Schrei den Dolch weg und fiel jämmerlich winselnd vor Kapaloff auf die Knie. Kapaloff antwortete übertrieben höflich, wie man mit einem Kind reden würde. Serge erhob sich langsam und zog sich mit hängendem Kopf zurück. Kapaloff zog eine Hand, die eine Pistole hielt, aus der Tasche. Die Pistole spuckte Feuer. Serge preßte sich beide Hände auf den Leib und brach zusammen.

Gemächlich ging Kapaloff dorthin, wo der Mann umgefallen war, bohrte die Spitze eines seiner eleganten Schuhe unter Serges Schulter und drehte ihn auf den Rücken. Dann schoß er aus der lose an seiner Seite herabhängenden Pistole Serge vier weitere Kugeln ins Gesicht und verwischte dessen Züge zu einem roten Brei.

Kapaloff drehte sich um und blickte mit Augen, in denen nichts als höfliche Erwartung zu lesen war, auf Mikhail. Der hatte beim ersten Schuß Phils Knöchel losgelassen und stand nun aufrecht da, die Hände an den Hüften.

Eine volle Minute sah Kapaloff Mikhail an, dann drehte er sich wieder zu der Gestalt zu seinen Füßen um. Ein Blutstropfen glänzte an der Spitze des Schuhs, mit dem er den Mann umgedreht hatte. Sorgfältig rieb er den Fuß an der Hüfte des Toten, bis das Blut verschwunden war. Dann wandte er sich an Mikhail, der die leblose Gestalt in seine mächtigen Arme nahm und aus dem Zimmer trug.

Kapaloff steckte seine Pistole ein, und ein liebenswürdiges, entschuldigendes Lächeln trat auf sein Gesicht – als sei er eine Hausfrau, die in Gegenwart eines Gastes ein Dienstmädchen hatte zurechtweisen müssen. Phil war übel und schwindlig vor Entsetzen, aber er zwang sich, auf die Herausforderung des Lächelns einzugehen, und sagte in einem Ton, der fröhlicher Vergnügtheit ziemlich ähnlich war: »Sie hätten mich über Serges Spaß an glühenden Messern nicht falsch informieren sollen.«

Kapaloff lachte glucksend. »Die Überredung wird auf morgen verschoben. Ich fürchte allerdings, Sie müssen gefesselt bleiben. Normalerweise würde ich einfach Mikhail damit beauftragen, Sie zu bewachen, doch ich bin nicht sicher, ob ich ihm jetzt noch trauen kann. Serge war sein Bruder.«

Er griff nach der Lampe und dem Dolch.

»Die bedrückende Szene, die Sie soeben gesehen haben, sollte Sie zumindest von meiner

Ernsthaftigkeit überzeugen.« Dann verließ er das Zimmer, und der Schlüssel drehte sich im Schloß.

Phil rollte sich herum, vergrub sein Gesicht im Bett und ließ seinem Ekel, den er in Kapaloffs Gegenwart unterdrückt hatte, freien Lauf. Schwach und elend lag er da und schluchzte, doch sein erster Gedanke erfüllte ihn mit neuem Mut: Die Folter war im letzten Augenblick und auf geradezu wunderbare Weise abgebrochen worden – sein Glück hatte ihn nicht verlassen!

Mühevoll setzte er sich auf und versuchte, die Stricke um seine Handgelenke und Knöchel zu lockern. Aber er schnürte sie sich nur noch tiefer ins Fleisch, und so gab er schließlich auf. Er ließ sich auf den Boden hinab, durchquerte im Dunkeln langsam und mühsam das ganze Zimmer auf der Suche nach etwas, womit er sich befreien könnte; aber er fand nichts. Die Fensterläden waren verriegelt und mit Vorhängeschlössern gesichert, die Tür war massiv. Er kehrte zum Bett zurück.

Zeit verging – Stunden, die zu zählen er keine Möglichkeit hatte, dann öffnete sich die Tür, und Mikhail kam mit einem Tablett voller Speisen herein. Ihm folgte Kapaloff, der an ein Fenster trat und mit dem Rücken dazu stehenblieb, während Mikhail das Tablett auf dem Tisch absetzte und Phil die Fesseln abnahm.

Kapaloff machte eine Handbewegung zum Tisch hinüber. »Leider kann ich mich Ihnen nicht gastlicher erweisen, aber mein Haushalt ist nicht gut organisiert. Ich hoffe, Sie finden meine bescheidenen Anstrengungen nicht zu wenig einladend.«

Phil zog sich einen Stuhl an den Tisch und aß. Sein Appetit war mäßig, aber er zwang sich, mit allen Anzeichen von Genuß zuzulangen. Als nichts mehr da war, zündete er sich eine von den Zigaretten an, die auf dem Tablett lagen, und gab lächelnd seinen Dank kund.

»Falls Sie es sich nicht anders überlegt haben«, sagte der Russe, »werden Sie leidcr gefesselt schlafen müssen. Ich bedauere, aber ich bin in einer Lage, in der ich wegen meiner Hochachtung vor Ihnen und meinen Gefühlen für das, was einem Gast gebührt, nicht die Notwendigkeit vernachlässigen darf, meine Interessen zu schützen.«

Phil zuckte die Schultern. Das Essen hatte ihm Mut gemacht, und er war zu jung, um nicht auf die Herausforderung im Verhalten seines Bewachers einzugehen.

»Ich bin ein zäher Bursche. Was dagegen, wenn ich mir erst noch die Beine vertrete?«

»Ganz und gar nicht! Ich möchte, daß Sie es sich so bequem wie möglich machen. Spazieren Sie im Zimmer herum und rauchen Sie. Dann werden Sie um so besser schlafen.«

Phil stand vom Tisch auf, ging langsam im Zimmer auf und ab und ließ sich die neuesten Entwicklungen in diesem Spielchen durch den Kopf gehen. Kapaloff hatte das Zimmer hinter Mikhail betreten, er hatte die rechte Hand in der Tasche behalten und seinem Diener nicht eine Sekunde gestattet, sein Blickfeld zu verlassen. Falls Kapaloff Mikhail nicht trauen konnte, vielleicht konnte Phil es. Der Mann stand Kapaloff gegenüber auf der anderen Seite des Zimmers. Sein Gesicht war ausdruckslos.

Kapaloff fragte gerade: »Sie wollen also noch immer nicht einlenken und meine Bedingungen annehmen?«

»Ich bin durchaus bereit, auf Bedingungen einzugehen – aber nicht auf die, die Sie mir stellen.«

Als Phil am Tisch vorbeiging, fiel sein Blick auf das Messer, mit dem er das Fleisch geschnitten hatte. Es war aus Silber und als Waffe nicht viel wert, aber es würde ihm dazu dienen, die Stricke durchzuschneiden, mit denen er gefesselt war. Er kam an der gegenüberliegenden Wand an und machte kehrt. Die Zigarette zwischen seinen Lippen war inzwischen nur noch ein Stummel. Er trat an den Tisch und nahm sich eine neue.

Er griff nach einem Streichholz und verdeckte dabei mit seinem Körper Kapaloffs Blick auf das Tablett. Mikhail, auf der anderen Seite des Zimmers, konnte jede Bewegung seiner Hände sehen. Während er noch mit den Streichhölzern herumhantierte, griff Phil mit der Linken nach dem Messer und schob es sich in den Ärmel. Mikhails Gesicht zeigte keine Regung.

Mit der brennenden Zigarette im Mund drehte Phil sich um und nahm seine Wanderung wieder auf: Er steckte die Hände in die Hosentaschen und ließ das Messer in eine von ihnen gleiten. Am Ende des Zimmers angekommen, wollte er sich gerade wieder umdrehen, als er am Ellbogen gepackt wurde: Er sah sich um und blickte in Mikhails gleichmütiges Gesicht.

Mikhail zog ihm das Messer aus der Tasche, legte es wieder auf das Tablett und ging zurück auf seinen Posten an der Wand.

Kapaloff richtete auf russisch beifällig das Wort an Mikhail und sagte dann zu Phil: »Ich habe nicht bemerkt, daß Sie es sich genommen haben. Aber Sie sehen, daß Sie nicht einmal zur Untreue meiner Diener Vertrauen haben dürfen!«

Phil fühlte sich müde und erschöpft – er hatte auf die Hilfe des Mannes mit der Narbe gezählt. Er legte sich aufs Bett, und Mikhail fesselte ihn. Dann wurden die Lichter gelöscht, und er war wieder allein.

Das Geräusch eines Schlüssels, der langsam und vorsichtig in der Tür umgedreht wurde, weckte Phil aus dem unruhigen Schlaf, in den er gesunken war. Das Geräusch hörte auf. Er konnte nichts sehen. Etwas berührte ihn an der Sohle eines seiner bloßen Füße, und er fuhr unwillkürlich in die Höhe und brachte das ganze Bett zum Wackeln.

»Sch-sch!«

Eine kühle, weiche Hand legte sich auf seine Wange, und er flüsterte: »Romaine?«

»Ja. Seien Sie still, ich schneide Ihnen die Stricke durch.«

Ihre Finger glitten an seinen Armen entlang, und seine Hände waren frei. Noch ein bißchen tastendes Suchen im Dunkeln, und auch seine Füße waren ihre Fesseln los. Mit einem Ruck setzte er sich auf, und ihre Gesichter prallten in der Finsternis zusammen – ohne jede vorherige Überlegung küßte er sie. Einen Augenblick lang schmiegte sie sich fest an ihn. Dann wich sie ein paar Zentimeter zurück und sagte: »Aber jetzt müssen wir uns beeilen.«

»Klar«, gab er ihr recht. »Was machen wir zuerst?«

»Wir gehen nach unten vor das Haus und warten, bis wir die Hunde auf der Rückseite hören. Mikhail wird sie unter irgendeinem Vorwand dorthin rufen und festhalten, bis wir das Grundstück verlassen haben.«

Sie drückte Phil einen schweren Revolver in die Hand.

»Sind denn die Hunde nicht eingesperrt?«

»Nein.«

»Aber gestern abend waren sie es«, beteuerte Phil, »sonst hätte ich es nie geschafft.«

»Oh, ja! Onkel Boris hat Sie erwartet und die Hunde bis nach Ihrer Ankunft in die Garage gesperrt.«

»Oh.« Er hatte also genau das getan, was von ihm erwartet worden war! »Hmm, wenn Mikhail auf unserer Seite steht, warum schleichen wir uns dann nicht einfach runter, schnappen uns Ihren Onkel und machen der ganzen Sache ein Ende?«

»Nein! Mikhail würde uns niemals dabei helfen. Obwohl sein Bruder vor seinen Augen getötet worden ist, würde er nichts tun! Generationen lang sind seine Leute Onkels Leibeigene, Sklaven, gewesen, und er hat nicht den Mut, sich gegen ihn zu stellen. Wenn er überhaupt helfen soll, muß es heimlich geschehen. Sollte es zu einer Situation kommen, in der er sich entscheiden muß, wird er sich auf die Seite meines Onkels stellen.«

»Na schön, gehen wir.« Phils nackte Füße berührten den Fußboden, und er lachte. »Seit ich durch das Fenster gestiegen bin, habe ich meine Schuhe nicht mehr gesehen. Ich werde sicher noch 'ne Menge Spaß bekommen, wenn ich hier ständig mit nackten Füßen herumrennen muß!«

Sie nahm ihn bei der Hand und führte ihn zur

Tür. Sie lauschten, hörten aber nichts. Leise schlichen sie in den Flur und auf die Treppe zu. Ein elektrisches Licht über der Treppe verbreitete einen trüben Schein. Sie blieben stehen, und Phil stieg auf das Geländer, schraubte die Birne heraus und hüllte so das Treppenhaus in Dunkel. Unten angelangt, machten sie erneut halt, und Phil löschte auch dort das Licht. Dann führte sie ihn an die Haustür.

Irgendwo hinter ihnen öffnete sich in der Finsternis eine Tür. Sie hörten etwas über den Boden gleiten und dann Kapaloffs sanfte Stimme:

»Kinder, ihr geht am besten wieder in eure Zimmer zurück. Es bleibt euch wirklich nichts anderes übrig. Falls ihr zur Tür geht, seid ihr im Mondlicht zu sehen, sobald ihr sie öffnet. Andererseits habe ich vorsorglich einen Stuhl ein kleines Stückchen von mir entfernt den Gang hinuntergeschoben, so daß ihr, wenn ihr euch leise an mich heranzuschleichen versucht, unweigerlich damit zusammenstoßt und mir damit einen Fingerzeig gebt, wohin ich meine Kugeln schicken muß. Es gibt also nichts weiter für euch zu tun, als in eure Zimmer zurückzugehen.«

Gegen die Wand gekauert, sagten Romaine und Phil kein Wort, aber im Herzen beider keimte eine verzweifelte Hoffnung. Kapaloff lachte vergnügt in sich hinein, als er diese Hoffnung zunichte machte.

»Von Mikhail braucht ihr nichts zu erwarten. Eure Flucht bedeutete ihm nichts, aber er hat gehofft, ihr würdet die Rache üben, für die er zu sehr Leibeigener ist, um es selbst zu tun. Vermutlich hat er euch also mit einer Waffe versorgt und hinunter in den Flur geschickt. Dann gab er vor, ein Geräusch zu hören – weil er meinte, ich würde hinauseilen, um in eure Kugeln zu laufen. Zum Glück verstehe ich etwas von einem Bauerngemüt. Und als er zusammenfuhr und meinte, etwas gehört zu haben, was meinen schärferen Ohren entgangen war, schlug ich ihn mit meiner Pistole nieder und kam heraus. Ich wußte genau, was mich erwartet. Und nun muß ich darauf bestehen, daß ihr wieder in eure Zimmer geht.«

Phil drückte das Mädchen nach unten, bis es nahe an der Wand flach am Boden lag. Er streckte sich vor ihr aus, und mit den Augen versuchte er, die Finsternis zu durchdringen. Kapaloff lag da irgendwo vor ihm auf dem Boden – aber an welche Wand preßte er sich? In einem Zimmer hätte man durch seine Stimme etwas über seine Position erfahren können, aber in diesem schmalen Durchgang ging jedes Richtungsgefühl verloren. Die Geräusche kamen einfach irgendwoher aus der Nacht.

Wieder drang die kultivierte Stimme des Russen zu ihnen. »Ihr wißt, daß wir drauf und dran sind, uns lächerlich zu machen. Dieses Herumliegen im Dunkeln wäre ja ganz in Ordnung, ich denke mir nur, daß wir alle außerordentlich geduldige Geschöpfe sind. Und so dehnt sich das Ganze wahrscheinlich zu einer absurden Länge.«

Mit der Hand, die nicht mit dem Revolver beschäftigt war, tastete Phil seine Taschen ab. In seiner Weste fand er ein paar Münzen. Eine von ihnen warf er den Gang hinunter; sie schlug gegen eine Wand und fiel zu Boden.

Kapaloff lachte. »Das wollte ich auch schon machen; aber es ist nicht leicht, einen sich bewegenden Menschen nachzuahmen.«

Phil fluchte leise vor sich hin. »Es muß doch einen Ausweg aus dieser Patsche geben!«

Nach vorn hin war der Gang zu hell, wie Kapaloff gesagt hatte, und sonst gab es offenbar keinen anderen Ausgang als über die Treppe oder an dem Russen vorbei. Er könnte vielleicht einen Ausfall wagen – aber er mußte dabei auf das Mädchen Rücksicht nehmen. Keine Sekunde bezweifelte er, daß Kapaloff schießen würde. Romaine robbte neben ihn.

»Wenn wir nach oben gehen«, flüsterte sie, »sitzen wir in der Falle.«

»Fällt Ihnen was anderes ein?«

»Nein.« Und dann ergriff sie seinen Arm. »Ich glaube, er ist weg. Es ist, als wäre niemand mehr hier.«

»Was kann das bedeuten?«

»Vielleicht die Hunde!«

Er dachte an die geschmeidigen Leiber und die tropfenden Lefzen, die er im Garten gesehen hatte, und erschauerte.

»Warten Sie hier«, befahl er und begann geräuschlos auf den hinteren Teil des Ganges zuzukriechen.

Als es ihm schon so vorkam, als habe er bald dreißig Meter zurückgelegt, stieß er mit der Hand gegen den Stuhl, von dem Kapaloff gesprochen hatte. Vorsichtig schob er ihn zur Seite und kroch weiter. Seine Finger berührten einen Türrahmen – das Ende des Ganges.

Er flüsterte dem Mädchen zu: »Er ist weg«, und sie kam zu ihm.

»Sollen wir sehen, daß wir wegkommen?« fragte er.

»Ja. Am besten, wir versuchen es durch den Hinterausgang.«

Drei Schritte machten sie in die Dunkelheit hinein, dann wurden die Lichter angeknipst, und Phil fand sich hilflos und mit an den Leib gepreßten Armen in Mikhails gewaltiger Umarmung wieder. Kapaloff riß Phil den Revolver aus der Hand und lächelte ihm ins Gesicht.

»Der wetterwendische Mikhail, den ihr von neuem mit mir verbündet seht, hat einen harten Kopf, und ich fürchtete, daß mein Schlag ihn nicht lange genug zum Schweigen bringen würde. Sie können sich vorstellen, in welch wenig beneidenswerter Lage ich mich dann da draußen im Flur befunden hätte – mit Ihnen vor mir und meinem unberechenbaren Landsmann im Rücken. Als ich es nicht mehr aushielt, ging ich zurück, brachte ihn wieder zu sich und gewann ihn erneut für meine Seite.«

Mikhail ließ Phil los und trat einen Schritt zurück. Mit fröhlich nachgeahmter Traurigkeit in der Stimme fuhr Kapaloff fort:

»Sie werden verstehen, Mr. Truax, daß ich so nicht weitermachen kann. Noch ein paar Tage, und ich bin ein Wrack. Ich bin ein schlichter Mensch und kann dieses Durcheinander nicht mehr ertragen. Sie haben Romaine jetzt gesehen. Nehmen Sie meine Bedingungen also an?«

Phil schüttelte das Gefühl des Abscheus ab, das er für sich empfand, weil er sich so leicht hatte schnappen lassen, und beschloß dasselbe Spiel wie zuvor weiterzuspielen: nämlich zu bluffen, bis der wirkliche Schmerz einsetzte. Lächelnd schüttelte er den Kopf. »Ich fürchte, wir werden uns nie einig werden.«

Kapaloff seufzte.

»Diesmal werde ich mich dem Ritual selber widmen: Erwarten Sie also nicht, daß es durch plötzliche Gefühlsausbrüche aufgehalten wird. Auch wenn mein Herz für Sie blutet, werden meine Hände ruhig bleiben.«

Dann begann das Mädchen zu sprechen. Ihre Stimme war angespannt und zitterte. Beide

Männer wandten sich ihr zu. Sie sprach Mikhail auf russisch an. Ihre Stimme wurde nach und nach immer leiser und nahm einen drängenden, flehenden Ton an.

Mikhails Lippen preßten sich fester und fester zusammen, seine Haltung versteifte sich. Die Augen hielt er fest auf einen Punkt an der gegenüberliegenden Wand gerichtet.

Phil blickte verdutzt zu Kapaloff hinüber und sah, daß er seine Nichte und den Diener mit flackernden Augen beobachtete.

Die Stimme des Mädchens summte weiter, und Schweiß trat auf Mikhails Gesicht. Sein Mund war inzwischen zu einem dünnen, geraden Strich geworden, und die Haut an den Knöcheln seiner geballten Fäuste schien jeden Augenblick vor Anspannung zerspringen zu wollen. Immer noch sprach Romaine, und als sie Serges Namen erwähnte, wurde Phil plötzlich klar, was da vor sich ging.

Sie appellierte offen an Mikhail, indem sie ihn an den Tod seines Bruders erinnerte und ihn so zur Verzweiflung trieb!

Die Augen des Mannes weiteten sich, die Narbe quer über seine Nase schien eine klaffende Wunde – als wäre sie ihm gestern erst beigebracht worden. Die Muskeln an Stirn, Kiefer und Hals traten wie Schwielen hervor, sein Atem drang zischend durch bebende Nasenlöcher.

Die Stimme des Mädchens flüsterte immer weiter.

Phil sah wieder zu Kapaloff hinüber. Ein boshaftes Lächeln belustigter Erwartung lag auf seinen Zügen. Er sprach leise, spöttisch ein paar Worte, aber weder das Mädchen noch Mikhail beachteten ihn. Romaines Stimme summte weiter – ein monotoner Singsang.

Mikhails mächtige Fäuste öffneten sich, Blutstropfen rannen von den Stellen an seinen Fingern herunter, wo seine Nägel sich in seine Handflächen gegraben hatten. Langsam drehte er sich um und begegnete dem Blick seines Herrn. Eine Sekunde lang hielten die Augen stand, aber Mikhails Sklavenerbe war zu stark. Er senkte den Blick und trat nervös von einem Fuß auf den anderen.

Das Mädchen gab ihm keine Ruhe. Die Silben rauschten ihr wie ein Strom von den Lippen, und ihre Stimme wurde mit einemmal hoch und scharf. Und wenn Phil auch kein Wort verstand, so fühlte er doch, wie sein Puls im Rhythmus ihrer Stimme pochte.

Mikhails Schultern schwankten langsam hin und her, und weißer Schaum trat ihm in die Mundwinkel. Dann verlor sein Gesicht alles Menschliche. Ein metallisches Fauchen schnarrte tief aus seiner Brust. Ohne sich umzudrehen, ohne hinzusehen, stürzte er sich auf den Mann, der seinen Bruder getötet hatte. Es gab keine Verzögerung, die das Auge feststellen konnte. Eben hatte er noch dagestanden, geschwankt und mit hervorquellenden, blutunterlaufenen Augen auf den Boden gestarrt, und schon lag er auf Kapaloff, und die beiden wälzten sich auf dem Fußboden.

Einmal feuerte Kapaloff seine Pistole ab, aber Phil konnte nicht sehen, wohin die Kugel traf. Die beiden wälzten sich immer weiter herum – Mikhail war ein wahnsinnig gewordenes Tier, das blindlings die Kehle seines Gegners zwischen die Klauen zu bekommen suchte, und Kapaloff kämpfte mit allen Tricks, die er in seinem kühlen Kopf parat hatte, und war so wenig aus der Ruhe gebracht, als handelte es sich um ein Spiel. Über Mikhails Schulter hinweg begegneten seine Augen Phils, und er zog eine angewiderte Grimasse.

Dann rang sich Kapaloff los, kam kreiselnd auf die Beine, schmetterte seinem sich erhebenden Angreifer einen Fuß ins Gesicht und verschwand in der Dunkelheit des Hausflurs. Der Tritt hatte Mikhail nach hinten geschleudert, aber er war sofort wieder auf den Beinen und stürmte brüllend hinter Kapaloff her.

Phil hob die Waffe, die Kapaloff hatte fallen lassen – es war der Revolver, den er Phil abgenommen hatte –, und drehte sich zu dem Mädchen um. Sie hatte die Hände vors Gesicht geschlagen und zitterte heftig. Er schüttelte sie.

»Wo steht das Telefon?«

Sie setzte zweimal an, endlich sprach sie. »Im Nebenzimmer.«

Er tätschelte ihre Wange. »Sie rufen die Polizei an und warten anschließend hier auf mich.«

Einen Moment lang schmiegte sie sich fest an ihn, dann riß sie sich zusammen und ging ins Nebenzimmer.

Phil trat an die Tür zum Flur und lauschte. Ein Schlurfen und Kapaloffs höhnisches Lachen waren irgendwo auf der Treppe zu hören. Ein Schuß krachte. Mikhail brüllte. Phil tastete sich zum Fuß der Treppe und begann hinaufzusteigen.

Von oben drang Kampflärm herunter, und man hörte Mikhails raspelnden Atem. Zwei Schüsse. Jemand stürzte und rutschte die Treppe hinunter. Phil war im ersten Stock angekommen und wollte weiter in den zweiten. Der Körper kam direkt auf ihn zu gerutscht. Er erkannte Mikhail am schnatternden Fauchen, das er von sich gab. Kapaloffs Lachen ertönte vom obersten Treppenabsatz.

Phil spreizte die Beine, um Mikhails Talfahrt aufzuhalten, hob den Revolver und feuerte in die Finsternis über sich. Orangefarbene Feuerstrahlen schossen auf ihn herab, eine Kugel streifte seine Wange, andere schlugen um ihn herum ein. Plötzlich zog ihn der Mann zu seinen Füßen mit unerbittlichen Händen, die nach seiner Kehle tasteten, zu sich herunter. Er schrie Mikhail in die Ohren, um ihn zu der Einsicht zu bringen, daß sein Feind da oben war und er einen Verbündeten angriff. Aber die eisenharten Finger wühlten sich an Phils Brust immer weiter nach oben und schlossen sich um seinen Hals.

Phil nahm verzweifelt seine nachlassenden Kräfte zusammen, stieß dem Mann die Pistole ins Gesicht, das er im Dunkeln nicht sehen konnte, und riß sich los. Die Finger glitten ab, griffen nach ihm, verfehlten ihn, und Phil stolperte die Treppe hinauf, weg von etwas, das einmal ein Mensch gewesen, jetzt aber ein tollwütiges Vieh war, das mit dem Tod im Herzen durch die Dunkelheit kletterte, ohne noch den Unterschied zwischen Freund und Feind zu begreifen.

Phil kam auf dem obersten Treppenabsatz an, hob, da er sich im Dunkeln noch nicht so weit wähnte, den Fuß, um ihn auf die nächste Treppenstufe zu setzen, trat fehl und stürzte kopfüber in den Flur hinunter. Während er noch fiel, ging Kapaloffs Pistole los und ließ einen Mörtelregen auf ihn herabrieseln. Auf der Treppe unter sich hörte er Mikhail fauchen. Phil rollte herum, warf sich zur Seite und preßte sich gerade noch rechtzeitig gegen die Täfelung, um den Wahnsinnigen an sich vorbeistürmen zu lassen.

Wieder krachten zwei Schüsse.

Dann erhob sich eine entmenschte Stimme zu einem wahnsinnigen Triumphgebrüll, man hörte ein Schlurfen, ein Stöhnen, das so leise war, daß es ein Seufzer hätte sein können, das Stürzen schwerer Leiber ... Stille.

Phil rappelte sich hoch und bewegte sich vorsichtig durch den Flur. Seine Füße stießen gegen einen Körper. Etwas Feuchtes, Warmes, Klebriges war unter seinen nackten Füßen.

Er taumelte weiter und öffnete die erste Tür, an die er kam. Er fand den Lichtknopf und drückte darauf. Dann drehte er sich um und blickte in der Helligkeit, die durch die offene Tür fiel, den Flur hinunter ...

Er schloß die Augen und tastete sich zur Treppe vor, und weiter zu dem Zimmer, in dem er das Mädchen zurückgelassen hatte.

Romaine lief auf ihn zu. »Ihr Gesicht! Sie sind verletzt!«

»Nur ein Kratzer. Hatte ich schon ganz vergessen.«

Sie zog seinen Kopf herunter und betupfte seine lädierte Wange mit einem Taschentuch.

»Und die anderen?« fragte sie.

»Tot. Haben Sie die Polizei erreicht?«

»Ja«, sagte sie, und dann konnte sie der Schwäche, die an ihr zerrte, nicht länger widerstehen. Sie sank schluchzend in seine Arme. Er trug sie zu einer Couch, kniete sich neben sie, streichelte ihr die Hände und tröstete sie.

Als sie ihre Schwäche so weit überstanden hatte, daß sie sich wieder aufsetzen konnte, fragte er sie, eher, um sie von der grausamen Beendigung der Angelegenheit abzulenken, als weil seine Neugier so groß war: »Sagen Sie, worum ging es hier überhaupt?«

Während sie sprach, gewann sie langsam ihre Fassung zurück. Die Ängste, die die Ereignisse der Nacht in ihr aufgewühlt hatten, legten sich nach und nach. Ihre Stimme wurde sicherer, ihre Worte verständlicher, und in ihre Wangen kehrte ein wenig Farbe zurück.

Ihr Vater war ein russischer Adliger gewesen, ihre Mutter Amerikanerin, die bereits starb, als Romaine noch ein Kind war. Später war die Kleine gemäß dem Wunsch ihrer Mutter in ein Kloster in den Vereinigten Staaten geschickt worden.

Als dann in Europa der Krieg ausbrach, kehrte sie gegen den ausdrücklichen Wunsch ihres Vaters nach Rußland zurück, und zwar mit dem kindlichen Gedanken, ihm nahe zu sein. Zweimal bekam sie ihn vor seinem Tod noch zu Gesicht. Kurz vor der Revolution hieß es dann, er sei »gefallen«. Sein Bruder Boris wurde zu ihrem Vormund und Vermögensverwalter eingesetzt.

Dann kam die Revolution. Ihr Onkel hatte den Aufstand vorausgesehen und große Teile vom Vermögen des Mädchens – er selbst besaß nichts – zu Geld gemacht und auf englische und französische Konten transferiert. Als sie schließlich gezwungen waren, ihre Heimat zu verlassen, standen ihnen erhebliche Mittel zur Verfügung. In den nachfolgenden Jahren waren sie von einem Ort zum anderen gezogen.

Ihr Onkel, so schien ihr, war von einer seltsamen Unruhe erfüllt und blieb selten für längere Zeit in einer Stadt oder einem Land. Er hatte den Namen Kapaloff angenommen und das Mädchen dazu überredet, das gleiche zu tun, obwohl er dafür keinen Grund genannt hatte. Schließlich kamen sie in die Vereinigten Staaten, wohnten in verschiedenen Städten und zogen dann nach Burlingame.

Seit ihrem Weggang aus Rußland hatte sich der Onkel mehr und mehr aus der Gesellschaft zurückgezogen und auf Romaines Verlangen nach Freunden nur mit Mißfallen reagiert. In den Vereinigten Staaten hatte sie dann keine neuen Bekanntschaften mehr geschlossen. In Burlingame hatte er das einsamste Haus gewählt, das er finden konnte, die Fenster mit schweren Läden versehen und massive Türen und Schlösser einbauen lassen.

Sie wunderte sich über die Veränderung seines Wesens, ging der Sache aber nie auf den Grund. Sein Verhalten ihr gegenüber war, wie immer, liebevoll, fürsorglich und großzügig. Außer in der Frage neuer Bekanntschaften – und auch darin war er nicht unerbittlich – erlaubte er ihr, jeder Laune nachzugeben.

Und dann hatte sie spät am Abend des letzten Montags diesen Brief gefunden, den Phil in ihrem Täschchen entdeckt hatte. Er hatte in der Bibliothek auf dem Fußboden gelegen, sie hatte ihn aufgehoben und auf den Tisch gelegt, von dem er wohl heruntergeweht worden war. Dabei war ihr Blick auf das russische Wort für *Mord* gefallen, das dick unterstrichen war.

Sie las die nächsten paar Worte und dann fieberhaft den ganzen Brief, vom Anfang bis zum Ende. Er war an ihren Onkel gerichtet, von jemandem, der in Rußland mit ihm eng vertraut gewesen war und frech drohte, wenn Boris nicht das Geld zahle, das er versprochen habe, werde die Wahrheit über den *Mord* an seinem Bruder ans Licht kommen.

Die Tragweite des Briefes konnte ihr nicht entgehen. Das alles konnte nur eines bedeuten: daß Boris, der sein eigenes Geld durchgebracht hatte, seinen Bruder hatte ermorden lassen, damit er die Kontrolle über dessen Vermögen erhielt, bis das Kind volljährig wurde.

Verwirrt und bestürzt lief sie mit dem Brief in ihr Zimmer und warf sich auf ihr Bett. Sie mußte etwas unternehmen. Doch sie kannte nur einen Menschen, an den sie sich wenden konnte – einen prominenten Anwalt in Los Angeles, den Vater einer ihrer Schulkameradinnen.

Sie nahm alles Geld, das sie besaß, verließ das Haus und stieg in ihren Sportwagen, um den nächsten Zug nach Los Angeles zu nehmen. Aber sie hatte bereits zuviel Zeit vertan. Ihr Onkel hatte den Verlust des Briefes bemerkt und war, da er das Schlimmste befürchtete, in ihr Zimmer gegangen. Als er sie dort nicht fand, war er nach unten gekommen, wo er sie gerade noch wegfahren sah. Er hatte Mikhail und Serge in einem anderen Wagen hinter ihr hergeschickt, um sie zurückzuholen. Und genau das hatten sie getan, nur war bei dem Handgemenge in der Washington Street ihre Handtasche verlorengegangen.

Bis zu dem Nachmittag, an dem Boris Kapaloff sie zu dem Besuch bei Phil mitgenommen hatte, war sie in ihrem Zimmer eingesperrt gewesen. Ihr Onkel hatte sie eingehend instruiert, und sie hatte zu große Angst vor ihm, um offen Widerstand zu leisten. Doch hatte sie sich so weit unter Kontrolle, daß sie ihre Tasche fallen ließ und Phil ein Zeichen gab. Dann war sie wieder nach Hause gebracht und erneut eingesperrt worden. Sie hatte einen Fluchtversuch unternommen, war aber schon am Fenster wieder eingefangen worden.

Phil versuchte, mit den Gedanken bei ihrer Geschichte zu bleiben, bekam aber große Teile nicht mit, da er eingehend ihr Gesicht betrachtete, das, voll jugendlicher Spannkraft, seine

Frische wiedererlangte. Die Schatten, die sich noch unter ihren Augen hielten, steigerten nur ihre Schönheit.

Als sie ihre Geschichte beendet hatte, waren beide einen Moment lang stumm. Phil überlegte, wieviel er von ihrer Erzählung verpaßt hatte. Er räusperte sich und sagte: »Sie werden wahrscheinlich ein, zwei Tage in Burlingame bleiben müssen, bis die Polizei mit den Nachforschungen fertig ist. Aber wenn Sie mir die Adresse dieses Burschen geben – dieses Anwalts in Los Angeles –, telegrafiere ich ihm, daß er herkommt und Sie mitnimmt, wenn alles vorbei ist.«

Sie machte ein verblüfftes Gesicht. »Aber jetzt ist doch alles in Ordnung. Ich werde ihn gar nicht benötigen.«

»Sie werden ihn nötig haben. Es wird viel Mühe machen, Ihre Angelegenheiten und die Ihres Onkels wieder in Ordnung zu bringen, und Sie werden jemanden brauchen, der sich um Sie kümmert.«

»Aber Sie sind doch –« Sie verstummte, und Röte überzog ihr Gesicht.

Phil schüttelte entschlossen den Kopf. »Hören Sie! Ich würde –« Er hielt inne, räusperte sich und versuchte es noch einmal. »Wir werden das ganz anders machen. Sie lassen diesen Anwalt zu Ihrem gesetzlichen Vormund bestellen. Wenn Sie das nicht tun, wird das Gericht wahrscheinlich irgendeinen alten Gauner dazu einsetzen, der zufällig ein Freund des Richters ist. Dann werde ich Ihren Freund davon überzeugen, daß ich – daß ich kein allzu übler Kunde bin. Und dann sehen wir weiter.«

Eine sonderbare Rede für jemanden, dessen Credo lautete: Wenn das Glück auf deiner Seite steht, zwinge es!

Das Mädchen zog die Stirn in Falten. »Aber –«

»Bitte keine Widerrede! Ich habe nicht, was Sie wohl eine weiße Weste nennen würden. Da ist nichts Schreckliches, aber vieles, was schlimm genug ist. Und noch etwas: Sie haben Geld, und ich – naja, wenn's mit den Karten gut läuft, hab ich genug, um regelmäßig zu essen: Wenn die mich im Stich lassen – Wie auch immer, wir werden sehen. Ich werde mich mit diesem Anwaltstypen unterhalten, sobald er Ihr Vormund ist.«

Die Klingel kam der Antwort des Mädchens zuvor. Phil ging zur Tür, vor der vier uniformierte Polizisten standen, die mit ihren Gummiknüppeln die Hunde in Schach hielten. Phil führte sie in das Zimmer, in dem das Mädchen wartete, und erzählte kurz seine Geschichte.

Der grauhaarige, mit dem Fall betraute Sergeant blickte mit runden Augen zwischen dem Mädchen und dem jungen Mann mit den blutbeschmierten, nackten Füßen hin und her, machte aber keine Bemerkungen. Er ließ einen seiner Männer bei Phil und Romaine und ging mit den anderen nach oben.

Fünfzehn Minuten später kam er zurück.

»Ich meinte, Sie hätten gesagt, die Toten lägen im Hausflur?«

»Das stimmt«, sagte Phil.

Der Sergeant schüttelte den Kopf.

»Sie sind beide tot, das ist richtig, und einer von ihnen liegt mit 'm halben Dutzend Kugeln im Bauch auch im Flur. Aber den anderen fanden wir – völlig entstellt – in einem der Zimmer über so was wie einen Schreibtisch gebeugt, und das hier hatte er unterm Arm.«

Er streckte Phil einen Bogen Briefpapier entgegen. In einer kleinen, sicheren, gleichmäßigen Handschrift, doch über und über mit Blut beschmiert, war da zu lesen:

»Meine liebe Romaine,

da ich Dich nun verlasse, möchte ich Dir und Deinem neugewonnenen Ritter noch ganz herzlich wünschen, daß Freude und Glück Euch immer begleiten mögen.

Mein einziger Kummer ist, daß von Deinem Erbe so wenig übrig ist – ich bin mit Geld schon immer sorglos umgegangen! Ich gebe Dir den Rat, Dich treu an Mr. Truax zu halten. Nie habe ich einen hoffnungsvolleren jungen Mann gesehen. Und er besitzt wenigstens dreihundertfünfzig Dollar!

Es gäbe noch vieles, was ich Dir schreiben möchte, aber meine Kräfte verlassen mich, und ich fürchte, die Feder beginnt zu zittern. Und ich, der ich mein ganzes Leben lang niemals eine Schwäche gezeigt habe, bin so eitel, daß ich diese freundliche Welt zu verlassen wünsche, ohne daß mein Ruf Schaden erleidet.

Von Herzen, Onkel Boris«

(erstmals in: »Action Stories«, Nov. 1923, unter dem Pseudonym Peter Collinson und dem Titel »Laughing Masks«)

Angst

Owen Sack wandte sich vom Herd um, als die Tür seiner Hütte aufging und »Rip« Yust hereinkam, und mit der freien Hand, der, die nicht die Kaffeekanne hielt, winkte Owen Sack gastfreundlich zum Tisch hinüber, auf dem das Essen vor dem wartenden Stuhl dampfte.

»Hallo Rip! Setz dich und hau rein, solange es heiß ist. Brauch höchstens 'ne Minute, um für mich selbst noch was zusammenzurühren.«

So war Owen Sack: ein kleiner Mann von kompakter Drahtigkeit, mit runden, kobaltblauen Augen und runden, geröteten Wangen, und nur die Spärlichkeit seiner strohfarbenen Haare verriet, daß er über fünfzig war; ein stiller, kleiner Mann, dessen allzu beflissene Freundlichkeit bisweilen auf Ängstlichkeit schließen ließ.

Rip Yust trat an den Tisch, aber dem Berg Essen darauf schenkte er keine Aufmerksamkeit. Statt dessen stemmte er seine mächtigen Fäuste auf die Tischplatte, verlagerte sein Gewicht auf sie und sah Owen Sack finster an. Er war riesig, dieser Rip Yust, hatte einen Körper wie ein Faß, hängende Schultern und massige

Gliedmaßen, und seine normalen Umgangsformen waren von einer geradezu phlegmatischen Düsterkeit geprägt. Doch im Moment verzogen sich seine plumpen Züge zu einem drohenden Blick.

»Heute morgen haben sie Lucky geschnappt«, sagte er nach einer Weile, und seine Stimme war nicht die Stimme von jemandem, der Neuigkeiten bringt. Sie war anklagend.

»Wer hat ihn geschnappt?«

Doch Owen Sacks Augen wichen denen des anderen aus, als er die Frage stellte, und er leckte sich nervös die Lippen. Er wußte, wer Rips Bruder geschnappt hatte.

»Was glaubst du, wer?« mit schwerfälligem Spott. »Die Prohis! Du weißt es doch!«

Der kleine Mann zuckte zusammen.

»Aber Rip! Woher soll ich das denn wissen? Ich bin schon eine ganze Woche nicht mehr in der Stadt gewesen, und hier kommt auch keiner niemals nich mehr vorbei.«

»Yeah, ich frag mich auch, wie du draufkommen könntest.«

Yust schlenderte um den Tisch herum, dorthin, wo Owen Sack stand, auf dessem runden Gesicht kleine feuchte Tröpfchen glänzten, packte ihn am losen Ende seiner Hemdbrust und hob ihn glatt vom Boden hoch. Zweimal schüttelte Yust den kleinen Mann – schüttelte ihn ohne jede Heftigkeit, was zwingender war, als es jede Gewalttätigkeit hätte sein können – und stellte ihn wieder auf die Füße.

»Du hast gewußt, wo unser Versteck ist«, warf er ihm vor, während er noch immer Owen Sacks lose sitzende Hemdbrust in der muskulösen Hand hielt, »und keiner sonst, der nich mit uns zu tun hat, weiß das. Die Prohis sind heut früh dort aufgekreuzt und haben Lucky geschnappt. Und wer hat ihnen verraten, wo's ist? Du, du Ratte!«

»Ich hab nichts verraten, Rip! Das habe ich nicht! Ich schwöre es bei –«

Yust schnitt das Gewimmere des kleinen Mannes ab, indem er ihm seine breite Hand über den Mund legte.

»Vielleicht hast du's nicht getan. Um ehrlich zu sein, weiß ich noch nicht ganz genau, ob du's getan hast – sonst würde ich auch gar nicht mehr mit dir reden.« Mit einem Ruck öffnete er seine Jacke, wodurch er eine vielsagende halbe Sekunde lang den braunen Knauf eines Revolvers sichtbar werden ließ, der aus einem Schulterholster vorguckte. »Nur sieht es so aus, als könnte es niemand sonst gewesen sein. Ich habe aber nicht vor, einem was anzutun, der mir nichts getan hat, also seh ich mich noch 'ne Weile um, um sicherzugehen. Wenn ich allerdings rausfinde, daß du's ganz bestimmt gewesen bist –«

Er klappte seine mächtigen Kiefer zusammen. Seine Hand machte eine Bewegung, als wolle sie in der Nähe der linken Achselhöhle blitzschnell unter die Jacke huschen. Er nickte langsam und mit Nachdruck und verließ die Hütte.

Eine Weile bewegte Owen Sack sich nicht. Er stand steif und reglos da und starrte mit leeren, blauen Augen auf die Tür, durch die sein Besucher verschwunden war. Und Owen Sack wirkte plötzlich alt, in seinem Gesicht sah man Furchen, die vorher noch nicht dagewesen waren. Sein Körper schien trotz aller Starrheit zerbrechlich geworden zu sein.

Schließlich zuckte er lebhaft mit den Schultern und wandte sich wieder dem Herd zu, als habe er sich den Zwischenfall aus dem Kopf geschlagen; doch gleich darauf fiel sein Körper schlaff in sich zusammen. Er ging zum Stuhl, ließ sich darauf niedersinken und schob das langsam erkaltende Essen ein Stück von sich weg, um seinen Kopf auf die Unterarme legen zu können.

Er zitterte, und seine Knie schlotterten, genau wie er gezittert und seine Knie geschlottert hatten, als er geholfen hatte, Cardwell nach Hause zu schaffen. Cardwell, so wußte der Klatsch zu berichten, hatte über einen gewissen Geschäftsverkehr auf dem Kootenai River zuviel geredet. Cardwell war eines Morgens in einem Dickicht unterhalb von Dime gefunden worden: mit einem Loch im Genick, wo eine Kugel eingedrungen, und mit einem zweiten noch größeren Loch vorn, wo die Kugel wieder herausgekommen war. Niemand wußte zu sagen, wer die Kugel abgefeuert hatte, aber der Klatsch in Dime hatte Vermutungen geäußert und sich alle Mühe gegeben, diese Vermutungen von den Ohren der Yust-Brüder fernzuhalten.

Wenn die Sache mit Cardwell nicht gewesen wäre, hätte er Rip Yust von seiner Unschuld überzeugen können, das wußte er. Doch sah er den Toten immer wieder vor sich, wenn er einen von den Yusts zu Gesicht bekam; und eben, als Rip in seine Hütte gekommen war und dieses anklagende »Heute morgen haben sie Lucky geschnappt« über den Tisch geschleudert hatte, da hatte Cardwell das Innere von Owen Sack bis in den letzten Winkel angefüllt – hatte es mit einer Angst gefüllt, die ihn reden und sich benehmen ließ, als habe er die Beamten von der Prohibition Enforcement tatsächlich zum Versteck der Yusts geführt. Und so war Yust mehr als halb überzeugt weggegangen, daß sein Verdacht richtig war.

Rip Yust war, wie Owen Sack wußte, ein fairer Mann, soweit sein Verstand dazu ausreichte. Nie unternahm er etwas, bevor er nicht sicher war, daß er den Richtigen am Wickel hatte. Dann jedoch schlug er gnadenlos zu.

»Auge um Auge« war die Devise der Rip Yusts dieser Welt, und ein Feind war jemand, der ohne Skrupel aus dem Weg geräumt werden mußte. Und daß Yust nicht zuschlagen würde, ehe er sich nicht überzeugt hatte, daß er den Richtigen hatte, war für Owen Sack nur ein schwacher Trost.

Yust besaß nicht den allerhellsten Kopf, trotz all seiner Geduld und Bedächtigkeit war er nicht fähig, eindeutig Falsches vom Richtigen zu unterscheiden. Vieles, was eigentlich bedeutungslos war, mochte ihm als unumstößlicher Beweis für Owen Sacks Schuld erscheinen – jetzt, wo die Ängste Owen Sack dazu gebracht hatten, die Rolle des Zeugen gegen sich selbst zu spielen. Und eines Morgens würde man Owen Sacks Leiche finden, so wie man Cardwell gefunden hatte. Vielleicht war Cardwell ebenfalls zu Unrecht verdächtigt worden.

Owen Sack setzte sich kerzengerade auf, spannte die Schultern und kniff den Mund in einem erneuten halbherzigen Versuch zusammen, Kaltblütigkeit zu beweisen. Er bohrte die Fäuste in die Schläfen, und einen Augenblick lang gaukelte er sich vor, er versuche, einen Entschluß zu fassen, einen Schlachtplan zu entwickeln. Aber innerlich wußte er die ganze Zeit, daß er sich belog. Wieder einmal würde er weglaufen. Das tat er immer. Die Zeit, Widerstand zu leisten, war längst vorüber.

Vor dreißig Jahren hätte er es vielleicht noch gekonnt.

Damals, in einer Spelunke im Marsh Market Space in Baltimore, als er sich bei einem Streit um die Wertung beim Würfeln plötzlich einer bulligen, großkalibrigen Pistole in der Hand eines Cockneymatrosen gegenübersah. Die Hand des Cockneys hatte gezittert, sie hatten dicht beieinander gestanden, der Cockney hatte ebensoviel Angst gehabt wie er. Ein Griff, ein Hieb – es wäre überhaupt nichts dabeigewesen. Aber er hatte nach einem Moment des Zögerns die Segel gestrichen, hatte zugelassen, daß der Cockney ihn nicht nur aus der Spielrunde, sondern auch aus der Stadt jagte.

Seine Angst vor einer Kugel war zu groß gewesen. Er war kein Feigling (damals nicht). Ein Messer, das die meisten Menschen fürchten, war ihm nicht sonderlich bedrohlich vorgekommen. Es bewegte sich mit einer berechenbaren, wahrnehmbaren Geschwindigkeit, man konnte es kommen sehen, seine Schnelligkeit abschätzen, es parieren, ihm ausweichen oder sich zumindest so weit abwenden, daß der Schnitt nur flach ausfiel. Und selbst wenn es traf, tief ging, war es scharf und glitt mühelos durchs Fleisch, eine saubere, glatte Trennung von Muskelgewebe.

Aber eine Pistolenkugel, ein Stück Metall, das, heiß von den Gasen, die es vorwärtstreiben, unsichtbar auf einen zufliegt – niemand kann sagen, wie schnell –, nicht um sich mit feiner, scharfer Spitze einen Weg zu bahnen, sondern um sich mit stumpfer, platter Nase eine Straße freizuhämmern und alles zu durchschlagen, was sich ihm in den Weg stellt. Ein Klumpen heißes Blei, der sich unaufhaltsam seinen Tunnel durch Fleisch und Sehnen und splitternde Knochen kartätscht! Dem konnte er sich nicht stellen.

Und so war er aus der Stadt in Maryland geflohen, um der Möglichkeit zu entgehen, dem Cockneymatrosen und seiner bulligen Pistole noch einmal zu begegnen.

Aber das war nur das erste Mal gewesen.

Ganz egal, wohin er kam, immer hatte er früher oder später plötzlich in den Lauf einer drohend auf ihn gerichteten Pistole geblickt. Es war, als lockte allein schon seine Angst dieses Ding an, das er so fürchtete. Ein Hund, hatte man ihm als Junge erzählt, beiße zu, wenn er meine, man habe Angst vor ihm. Genauso war es bei ihm mit Pistolen gewesen.

Jede Wiederholung hatte seinen Zustand nur noch verschlechtert. Bis zum heutigen Tage lähmte ihn der Anblick einer ihn bedrohenden Schußwaffe, und schon der bloße Gedanke daran machte ihn vor Entsetzen ganz wuschig im Kopf.

In jenen Zeiten damals war er tatsächlich

kein Feigling gewesen, es sei denn, es ging um Pistolen. Aber er war zu oft davongelaufen, und diese Angst, die wuchs und wuchs, hatte sich wie das Sickerwasser aus einer Krebsgeschwulst in ihm ausgebreitet, bis er sich ganz allmählich von einem einigermaßen mutigen Menschen mit einer einzigen tödlichen Angst in einen völlig mutlosen Menschen voller Ängste verwandelt hatte, die eigentlich alle Formen physischer Gewalt betrafen.

Zu Anfang war seine Angst nicht so groß gewesen, daß er ihrer nicht hätte Herr werden können. Damals in Baltimore hätte er sie noch überwinden können. Es hätte ihn eine gewaltige Anstrengung gekostet, aber er hätte sie überwinden können. Er hätte sie auch das nächste Mal noch, in New South Wales, überwinden können, als er statt dessen wie ein Verrückter durch hundert Meilen Weideland nach Bourke geritten war, weg von der Pistole in der Hand eines streitlustigen Grenzreiters – eine verzweifelte Flucht eine Straße entlang, auf der die Wagenspuren blödsinnigerweise wie Eisenbahngeleise aus dem Boden ragten und wo verängstigte Kaninchen und Rattenkänguruhs aus den spärlichen Büscheln des weißbärtigen Spartgrases hervorgeschossen kamen, die seinen Weg säumten.

Auch drei Monate später, in North Queensland, wäre es noch nicht zu spät gewesen. Aber wieder hatte er Reißaus genommen, diesmal hinunter nach Cairns und zum Schiff nach Cooktown, weg von der Bedrohung durch einen rostigen Revolver in der riesigen schwarzen Hand eines Negers, neben dem er bis zu den Hüften im kalkweißen Fluß auf den Silberfeldern von Muldiva geschuftet hatte.

Danach gab es für ihn keine Hoffnung mehr. Auch mit allergrößter Anstrengung hätte er seiner Angst nicht mehr beikommen können. Er war besiegt und wußte es. Von da an war er ohne das geringste Schamgefühl in seiner Feigheit davongelaufen, war nach und nach auch vor anderen Dingen als nur Pistolen geflohen.

Zum Beispiel hatte er sich von einem eifersüchtigen Halbblut-*garimpeiro* aus Morro Velho verjagen lassen, sich aus seinem Job bei der British S. João del Rey Mining Company und von Tita vertreiben lassen. Titas roter Mund hatte sich von lächelndem Liebreiz zu beißendem Spott verzerrt, aber weder das eine noch das andere waren stark genug gewesen, Owen Sack dazu zu bringen, sich dem Messer in der Hand eines Mannes zu stellen, den er problemlos hätte auseinandernehmen können, samt Messer und was man sich sonst so denken kann. Von den Ölfeldern in Bakersfield war er durch nichts als die Fäuste eines Monteurs vertrieben worden, der ihm nicht höher als bis an die Brustbehaarung gereicht hatte. Und jetzt ...

Bei aller Angst war es irgendwie noch nie so schlimm wie diesmal gewesen. Er war noch jünger gewesen, und es gab genügend andere Orte, die ihn reizten – eine Stadt war für ihn so gut wie jede andere. Doch das war jetzt anders.

Seine Jugend war vorüber, und hier in den Cabinet Mountains hatte er für immer bleiben wollen. So allmählich hatte er seine Hütte als sein Zuhause betrachtet, und die zwei Dinge, die ihm wichtig waren, sein Auskommen und seine Ruhe, bis jetzt hatte er sie hier gefunden. Im Jahre 1923 war es noch möglich, aus dem Kootenai genug Goldstaub zu waschen, um unterm Strich was übrigzubehalten – gut was übrigzubehalten. Keine Reichtümer natürlich, aber die wünschte er sich auch nicht. Er wünschte sich ein ruhiges Zuhause, und sechs Monate lang hatte er es hier gehabt.

Und dann war er zufällig in das Versteck der Yust-Brüder hineingestolpert. Zwar hatte er gewußt, so wie es ganz Dime wußte, daß der Kootenai River – der sich von British Columbia herunterschlängelt, um die längste Strecke seiner 400 Meilen in Montana und Idaho zurückzulegen, bevor er in die Provinz seines Ursprungs zurückkehrt und in den mächtigen Columbia River mündet –, daß der Kootenai River der Transportweg war, über den viel Alkohol herankam, der nach Spokane weiterging, das nicht weit weg lag. Das wußte jeder, doch Owen

Sack hatte mehr als jeder andere kein Verlangen danach gehabt, Genaueres über den Verkehr auf dem Fluß zu erfahren.

Warum also hatte ihn das Pech ausgerechnet da hintappen lassen, wo dieser Schnaps versteckt lag, bis die Zeit zu seinem Weitertransport reif war? Und obendrein zu einer Zeit, wo die Yusts gerade dort waren, um Zeugen seiner Entdeckung zu sein? Und dann, als hätte das allein immer noch nicht ausgereicht, waren binnen einer Woche die Beamten von der Prohibition Enforcement über das Versteck hergefallen.

Jetzt hatten die Yusts ihn natürlich im Verdacht, sie angezeigt zu haben. Es war nur eine Frage der Zeit gewesen, bis ihre dußligen Gehirne davon überzeugt waren. Und sie würden sich rächen – mit einer Pistole. Eine Metallkugel würde Owen Sacks Fleisch durchbohren, wie Cardwells Fleisch von einer durchbohrt worden war …

Er erhob sich von seinem Stuhl und machte sich daran, dasjenige aus seiner Habe zusammenzupacken, das er mitnehmen wollte. Wohin? Egal. Ein Ort war wie jeder andere – ein bißchen Frieden und Behaglichkeit, dann eine neue Bedrohung, um ihn sonstwohin zu hetzen. Baltimore, New South Wales, North Queensland, Brasilien, Kalifornien – dreißig Jahre ging das nun schon so! Mittlerweile war er alt, und seine Beine waren eigentlich zu steif zum Fliehen, aber das Weglaufen war zu einem festen Bestandteil seines Ich geworden.

Er packte ein bißchen atemlos, seine Finger wühlten in ihrer Eile ungeschickt herum.

Die Dämmerung im Kootenaital wurde dichter, als Owen Sack, gebeugt unter dem in eine Decke eingeschlagenen Bündel auf seinen Schultern, über die Brücke nach Dime hineinmarschierte. Er war bis zur letzten Minute in seiner Hütte geblieben, so daß er den Bus, der ihn zum Zug bringen würde, kurz vor der Abfahrt bekäme, um Verabschiedungen und peinliche Begegnungen zu vermeiden. Er beeilte sich.

Aber wieder war das Glück gegen ihn.

Als er beim New Dime Hotel in Richtung Haltestelle um die Ecke bog – zwei Türen hinter Henny Upshaws Softdrink- und Billarddiele –, entdeckte er Rip Yust, der die Straße entlang auf ihn zukam. Yusts Gesicht, das konnte er sehen, war rot und verschwollen, sein Gang steif und großspurig. Yust war betrunken.

Owen Sack blieb mitten auf dem Bürgersteig stehen, und schon im selben Augenblick wurde ihm klar, daß genau das völlig falsch war. Am sichersten war es – wenn jetzt überhaupt irgendwas sicher sein konnte –, weiterzugehen, als sei alles ganz normal.

Er ging über die Straße zum gegenüberliegenden Bürgersteig, wobei er sich dafür verfluchte, daß er so offen seinen Wunsch zu erkennen gab, dem anderen aus dem Weg zu gehen, trotzdem aber außerstande war, seine Beine davon zurückzuhalten, ihn hastig über die staubige Fahrbahn zu befördern. Vielleicht, dachte er, sähen Rip Yusts whiskeyumwölkte Augen nicht, daß er mit einem Bündel auf dem Rücken aufs Busdepot zueilte. Aber noch während diese Hoffnung in ihm aufstieg, wußte er, daß sie vergeblich, kindisch war.

Rip Yust sah ihn und trat auf seiner Straßenseite an die Bordsteinkante, um ihn anzubellen:

»He, du! Wo willst'nn hin?«

Owen Sack erstarrte, eine verschreckte Statue. Furcht ließ sein Inneres gefrieren – Furcht und die Erinnerung an Cardwell.

Yust grinste dämlich über die Straße hinweg und fragte erneut:

»Wo willst'nn hin?«

Owen Sack versuchte zu antworten, irgend etwas zu sagen – die Sicherheit schien in Worten zu liegen –, und er brachte auch einen Laut heraus, aber der war unartikuliert und hätte dem anderen auch dann nichts gesagt, hätte er sich weiter als die drei Meter aus der Kehle des kleinen Mannes fortbewegt, nach denen er erstarb. Yust lachte dröhnend. Er war offenbar allerbester Stimmung.

»Also, denk dran, was ich dir heut nachmittag gesagt hab«, brüllte er und drohte mit seinem dicken Zeigefinger zu Owen Sack herüber. »Wenn ich rausfinde, daß du es gewesen bist –«

Der dicke Zeigefinger zuckte zurück und tippte auf die linke Brustseite seiner Jacke.

Diese unvermittelte Geste ließ Owen Sack laut aufschreien – ein dünner, schriller Schrekkensschrei, der auf die betrunkene Phantasie des hünenhaften Mannes ergötzlich wirkte.

Erneut dröhnte Gelächter aus seiner Kehle, und schon hatte er seine Pistole in der Hand. In seinem Vergnügen über die lächerliche Angst des Kleinen war für den Moment alles vergessen: die Verhaftung seines Bruders und Owen Sacks vermutete Rolle bei dieser Verhaftung.

Als Owen Sack die Pistole sah, verließ ihn das letzte Fünkchen Verstand. Entsetzen packte ihn. Er versuchte um Gnade zu betteln, aber sein Mund konnte die Worte nicht bilden. Er versuchte, die Hände zu der allgemein üblichen Unterwerfungsgeste hoch über den Kopf zu heben, eine Gebärde, die ihn schon viele Male gerettet hatte. Aber der Gurt, der sein Bündel hielt, hinderte ihn daran. Er versuchte, den Riemen zu lockern, ihn abzuschütteln.

Für das alkoholumnebelte Auge und Hirn Yusts sah es so aus, als versuche Owen Sacks Hand unter seine Jacke zu gelangen. Yust konnte nur eine Bedeutung aus dieser Bewegung herauslesen – der kleine Mann da drüben versuchte, seine Pistole zu ziehen.

Die Waffe in Yusts Hand spuckte Feuer!

Owen Sack schluchzte auf. Etwas traf ihn dumpf an der Seite. Er fiel hin, setzte sich auf den Bürgersteig, die Augen weit aufgerissen und fragend und starr auf die rauchende Pistole auf der anderen Straßenseite gerichtet.

Er merkte, daß sich jemand über ihn beugte. Es war Henny Upshaw, vor dessen Etablissement er umgefallen war. Owen Sacks Augen wanderten zurück zu dem Mann an der gegenüberliegenden Bordsteinkante, der, stocknüchtern jetzt, das Gesicht zu Granit erstarrt, die weiteren Entwicklungen abwartend, dastand, die Pistole noch immer in der Hand.

Owen Sack wußte nicht, ob er aufstehen, sitzen bleiben oder sich hinlegen sollte. Upshaw hatte ihn rechtzeitig zur Seite gestoßen, um ihn vorm Schlimmsten zu bewahren; aber angenommen, der Hüne schoß noch einmal?

»Wo hat er dich denn getroffen?« fragte Upshaw.

»Was, wie?«

»Beruhige dich doch«, riet ihm Upshaw. »Es kommt alles wieder in Ordnung. Ich hole einen von den Jungs her, damit er mir hilft.«

Owen Sacks Finger schlängelten sich in einen von Upshaws Ärmeln.

»W-was ist passiert?« fragte er.

»Rip hat auf dich geschossen, aber es kommt alles wieder in Ordnung. Leg dich einfach –«

Owen Sack ließ Upshaws Ärmel los, und seine Hände wanderten tastend, erkundend über seinen Körper. Eine löste sich rot und klebrig von seiner rechten Seite, und diese Seite – auf der er den Schlag gefühlt hatte, von dem er umgefallen war – war warm und taub.

»Hat er mich *getroffen*?« fragte er mit einem erregten Kreischen.

»Klar, aber du kommst wieder in Ordnung«, beruhigte ihn Upshaw und winkte die Männer näher, die langsam auf die Straße traten, vorwärtsgetrieben von ihrer Neugier, doch in ihrem Näherkommen durch den Anblick Yusts gehemmt, der noch immer mit der Pistole in der Hand dastand und wartete, was als nächstes passieren werde.

»Mein Gott!« keuchte Owen Sack in äußerster Verblüffung. »Schlimmer als das ist es nicht?!«

Er sprang auf – sein Bündel rutschte zur Seite –, wich den Händen aus, die nach ihm griffen, und rannte zur Tür von Upshaws Lokal. Auf dem Bord hinter der Registrierkasse fand er Upshaws schwarze Automatik, und sie steif in Armeslänge vor sich haltend, trat er wieder auf die Straße.

Seine kobaltblauen Augen waren vor Staunen geweitet, und aus seinem zu einem breiten Grinsen verzogenen Mund drang eine Art Singsang:

»All die Jahre bin ich weggerannt,
und schlimmer als das ist es nicht!
All die Jahre bin ich weggerannt,
und schlimmer als das ist es nicht!«

Rip Yust, der die Fahrbahn überquerte, war gerade in der Mitte angelangt, als Owen Sack aus Upshaws Tür gefegt kam.

Die Schaulustigen stoben auseinander. Rips Revolver schwang nach oben und krachte los. Ein Büschel von Owen Sacks strohfarbenen Haaren wehte nach hinten.

Er kicherte und feuerte dreimal rasch hintereinander. Keine der Kugeln traf den Riesen. Owen Sack fühlte an seinem linken Arm etwas Brennendes. Wieder schoß er und wieder vorbei.

»Ich muß näher ran«, sagte er laut zu sich.

Er ging über den Bürgersteig – die Automatik steif vor sich haltend –, machte einen Schritt hinunter auf die Straße und begann auf die Stelle zuzuschreiten, von der ihm die Feuerbündel aus Yusts Pistole entgegensprangen.

Und während der kleine Mann nach vorwärts marschierte, leierte er seinen albernen Singsang vor sich hin und schoß, schoß, schoß ... Einmal riß etwas an einer Schulter und einmal an seinem Arm – über der Stelle, wo er das Brennen gespürt hatte –, aber er überlegte nicht einmal, was es war.

Als er noch drei Meter von Rip Yust entfernt war, drehte der sich um, als wollte er weggehen, machte einen Schritt, dann verrenkte sich sein mächtiger Körper plötzlich in einer grotesken Krümmung und glitt nach unten in den Staub der Straße.

Owen Sack stellte fest, daß die Waffe in seiner eigenen Hand leer war, schon eine ganze Zeit leer gewesen war. Er machte kehrt. Verschwommen erkannte er die breite Tür von Upshaws Lokal. Der Boden klebte an seinen Füßen, versuchte, ihn nach unten zu ziehen, zurückzuhalten, aber er gelangte bis zur Tür, gelangte zur Registrierkasse, fand das Bord und legte die Automatik zurück.

Stimmen redeten auf ihn ein, Arme legten sich um ihn. Er ignorierte die Stimmen, schüttelte die Arme ab, erreichte erneut die Straße. Mehr Hände, die abgeschüttelt werden mußten. Aber die Luft verlieh ihm Stärke. Er war wieder in einem Raum, beugte sich über den Schaukasten mit den Handfeuerwaffen in Jeff Hamlines Laden.

»Ich möchte die zwei größten Pistolen, die du hast, Jeff, und jede Menge Patronen. Mach mir alles fertig, ich komm gleich wieder und hol's mir ab.«

Er wußte, daß Jeff ihm antwortete, doch konnte er die Worte und das Dröhnen in seinem Kopf nicht auseinanderhalten.

Noch einmal die wärmere Luft auf der Straße. Der knöcheltiefe Staub der Straße zerrte an seinen Füßen. Der Bürgersteig gegenüber. Doc Johnstones Tür. Jemand half ihm die schmale Treppe hinauf. Ein Sofa oder Tisch unter ihm; jetzt, wo er lag, konnte er besser sehen und hören.

»Bringen Sie mich schnell in Ordnung, Doc! Ich muß mich um 'ne Menge Sachen kümmern.«

Die ruhige professionelle Stimme des Arztes:

»Sie haben sich für eine Weile um nichts weiter zu kümmern, als auf sich achtzugeben.«

»Ich muß viel reisen, Doc. Machen Sie schnell!«

»Mit Ihnen ist alles in Ordnung, Sack. Sie brauchen nicht von hier weg. Ich habe von meinem Fenster aus gesehen, daß Yust zuerst auf Sie geschossen hat, und ein halbes Dutzend Leute haben's auch gesehen. Notwehr, wenn es jemals einen Fall von Notwehr gegeben hat.«

»Das isses nich!« Der Doc war ein netter Mensch, aber es gab vieles, was er nicht verstand. »Ich muß zu 'ner Menge Orte fahren, 'ne Menge Leute, die ich besuchen muß.«

»Sicher. Sicher. Sobald Sie wollen.«

»Sie verstehn das nicht, Doc!« Der Doc redete mit ihm wie mit einem Kind, das man gewähren lassen muß, oder wie mit einem Betrunkenen. »Mein Gott, Doc! Ich muß mein ganzes Leben zurückverfolgen, und ich bin nicht mehr der Jüngste. Es gibt Leute, die ich in Baltimore und Australien und Brasilien und Kalifornien und Gott weiß wo sonst noch finden muß. Und bei einigen wird's lange dauern, bis ich sie finde. Ich muß 'ne ganze Menge Kugeln verschießen. Ich bin nicht mehr der Jüngste, und es ist ein verdammtes Stück Arbeit. Ich muß los! Sie müssen mir 'n bißchen Dampf machen, Doc! Sie müssen …«

Owen Sacks Stimme verwirrte sich zu einem Murmeln, zu einem Flüstern und erstarb.

(erstmals in: »The Black Mask«, März 1924)

Feuerteufel

Jim Tarr nahm die Zigarre, die ich ihm über seinen Schreibtisch hinüberrollte, warf einen Blick auf die Banderole, biß ein Ende ab und langte nach einem Streichholz.

»Drei für 'n Dollar«, sagte er. »Sie wollen wohl, daß ich diesmal für Sie gleich 'n *paar* Gesetze breche.«

Ich hatte mit diesem fetten Sheriff vom Sacramento County schon seit vier oder fünf Jahren immer wieder mal zu tun gehabt – seit der Zeit, als ich zum San Franciscoer Büro der Continental Detective Agency gekommen war –, und es war mir noch kein einziges Mal passiert, daß er sich eine Gelegenheit zu einem mürrischen Seitenhieb hatte entgehen lassen; aber das hieß überhaupt nichts.

»Beides falsch«, antwortete ich. »Ich krieg sie für fünfundzwanzig Cents das Stück, und ich bin hier, um Ihnen einen Gefallen zu tun, statt Sie um einen zu bitten. Die Gesellschaft, die Thornburghs Haus versichert hat, ist der Meinung, jemand hat's angesteckt.«

»Stimmt, jedenfalls sagt das die Feuerwehr. Haben mir erzählt, daß der untere Teil des Hauses mit Benzin förmlich getränkt war, aber der Himmel weiß, wie man das rauskriegen konnte – stand nämlich kein Stein mehr auf dem anderen. Ich habe McClump mit der Sache betraut, aber er hat noch nichts rausgebracht, um darüber in Freudentänze auszubrechen.«

»Was ist im einzelnen passiert? Ich weiß nur, daß es gebrannt hat.«

Tarr lehnte sich auf seinem Stuhl zurück und schnauzte:

»He, Mac!«

Die Perlmuttdrucktasten auf seinem Schreibtisch sind für ihn bloß zur Verzierung da. Die Hilfssheriffs McHale, McClump und Macklin kamen zusammen an die Tür – MacNab war offensichtlich nicht in Hörweite.

»Was ist denn jetzt los?« wollte der Sheriff von McClump wissen. »Haben Sie neuerdings 'ne Leibwache?«

Die beiden anderen, auf diese Weise darüber informiert, auf wen sich diesmal das »Mac« bezog, gingen zurück an ihr Cribbagespiel.

»Wir haben 'n feinen Pinkel aus der Großstadt hier, der für uns den Brandstifter schnappen soll«, teilte Tarr seinem Deputy mit. »Aber erst müssen wir ihm erzählen, worum es geht.«

McClump und ich hatten mehrere Monate vorher wegen eines Raubüberfalls in einem D-Zug bereits gemeinsam Nachforschungen angestellt. Er ist ein schlaksiger, hellblonder

Bursche von fünf- oder sechsundzwanzig Jahren mit einem Mut, wie es ihn auf dieser Welt kein zweites Mal gibt – und einer fast ebenso großen Faulheit.

»Meint's der liebe Gott nicht gut mit uns?«

Er hatte sich inzwischen auf einen Stuhl geflätzt – stets sein erstes Ziel, wenn er ein Zimmer betritt.

»Also, die Sache sieht folgendermaßen aus: Das Haus von diesem Thornburgh stand ein paar Meilen außerhalb der Stadt an der alten Landstraße – ein altes Fachwerkhaus. Vorgestern gegen Mitternacht sah Jeff Pringle – der nächste Nachbar, ungefähr eine halbe Meile nach Osten – aus der Richtung einen Feuerschein am Himmel und schlug per Telefon Alarm. Aber als die Löschwagen ankamen, war von dem Haus nicht mehr genug da, um sich noch damit abzugeben. Pringle war als erster von den Nachbarn am Ort des Geschehens, und da war das Dach schon eingestürzt.

Niemand hat irgendwas Verdächtiges gesehen – keine Unbekannten in der Gegend oder so was. Thornburghs Hausangestellten gelang es lediglich, die eigene Haut zu retten und mehr nicht. Sie wissen nicht viel über das, was passiert ist – zu verängstigt, nehme ich an. Aber sie haben Thornburgh noch an seinem Fenster gesehen, kurz bevor das Feuer ihn verschlang. Ein Mann hier aus der Stadt – er heißt Henderson –

hat die Sache ebenfalls gesehen. Er war von Wayton aus auf der Heimfahrt und kam gerade am Haus vorbei, als das Dach einstürzte.

Die Feuerwehrleute sagen, sie hätten Benzinspuren gefunden. Die Coons, Thornburghs Hausangestellte, sagen, im ganzen Haus habe es kein Benzin gegeben. Das wär's bis jetzt.«

»Hat Thornburgh irgendwelche Angehörigen?«

»Yeah. Eine Nichte in San Francisco – eine Mrs. Evelyn Trowbridge. Sie war gestern hier, aber es gab nichts für sie zu tun, und sehr viel konnte sie uns auch nicht erzählen, deshalb ist sie wieder nach Hause gefahren.«

»Wo sind die Hausangestellten jetzt?«

»In der Stadt. Wohnen in einem Hotel in der I Street. Ich hab ihnen gesagt, sie sollten sich ein paar Tage zur Verfügung halten.«

»War Thornburgh Eigentümer des Hauses?«

»Hm-m. Hat's vor ein paar Monaten von Newning & Weed gekauft.«

»Haben Sie heute morgen schon was vor?«

»Nichts außer dieser Sache.«

»Gut. Gehn wir los und schnüffeln 'n bißchen rum.«

Wir fanden die Coons in ihrem Hotelzimmer in der I Street. Mr. Coons war ein zartgliedriger, dicklicher Mann mit dem glatten, ausdruckslosen Gesicht und der Verbindlichkeit des geborenen männlichen Domestiken.

Seine Frau war groß und sehnig, vielleicht fünf Jahre älter als er – sagen wir vierzig –, und ihr Mund und Kinn schienen für Klatsch und Tratsch wie gemacht. Doch redete nur er, während sie zu jedem zweiten oder dritten Wort zustimmend nickte.

»Wir haben mit der Arbeit bei Mr. Thornburgh am fünfzehnten Juni angefangen, glaube ich«, sagte er als Antwort auf meine erste Frage. »Ungefähr am Ersten des Monats kamen wir nach Sacramento und sind mit unseren Arbeitswünschen gleich zur Stellenvermittlung Allis. Ein paar Wochen später haben sie uns zu Mr. Thornburgh geschickt, und der hat uns gleich genommen.«

»Wo waren Sie, bevor Sie herkamen?«

»In Seattle, Sir, bei einer Mrs. Comerford; aber meiner Frau bekam das dortige Klima nicht – sie hat Beschwerden mit den Bronchien –, und so beschlossen wir, nach Kalifornien zu gehen. Trotzdem wären wir höchstwahrscheinlich in Seattle geblieben, wenn Mrs. Comerford ihr Haus nicht aufgegeben hätte.«

»Was wissen Sie über Thornburgh?«

»Sehr wenig, Sir. Er war kein gesprächiger Mensch. Er ging, soweit ich weiß, keiner Beschäftigung nach. Ich glaube, er war ein pensionierter Seemann. Das hat er zwar nie gesagt, aber seine Art und sein Äußeres waren ganz so. Er ging nie aus oder bekam von jemandem Besuch, nur einmal von seiner Nichte, und er schrieb nicht und bekam auch keine Post. Er hatte sich gleich neben seinem Schlafzimmer einen Raum als eine Art Werkstatt eingerichtet. Da drin hat er die meiste Zeit verbracht. Ich dachte immer, er arbeite an so was wie einer Erfindung, aber er hielt die Tür verschlossen, und wir durften nicht mal in ihre Nähe kommen.«

»Haben Sie denn überhaupt keine Idee, was er da drin gemacht hat?«

»Nein, Sir. Wir haben nie irgendein Hämmern oder sonstwelche Geräusche aus dem Raum gehört, und es hat auch nie nach was gerochen. Seine Kleidungsstücke waren nicht einmal besonders verschmutzt, selbst wenn sie reif für die Wäscherei waren. Das wären sie doch gewesen, wenn er an so was wie Maschinen gearbeitet hätte.«

»War er alt?«

»Er kann nicht älter als fünfzig gewesen sein, Sir. Er hielt sich sehr gerade, und Haar und Bart waren dicht und noch ohne jedes Grau.«

»Hatten Sie mal Krach mit ihm?«

»Oh, nein, Sir! Er war, wenn ich das so sagen darf, in gewisser Hinsicht ein sehr sonderbarer Herr; und er kümmerte sich um rein gar nichts, außer daß seine Mahlzeiten pünktlich auf dem Tisch standen, daß immer für saubere Kleidung gesorgt war – er war darin sehr eigen – und er nicht gestört wurde. Bis auf morgens früh und spätabends sahen wir ihn meistens den ganzen Tag nicht.«

»Nun zu dem Feuer. Erzählen Sie uns alles, woran Sie sich erinnern können.«

»Also, Sir, meine Frau und ich waren ungefähr um zehn zu Bett gegangen, unsere übliche Zeit, und waren eingeschlafen. Unser Zimmer lag im ersten Stock, nach hinten hinaus. Einige Zeit darauf – ich habe keine Ahnung, wie spät es war – wachte ich auf und mußte husten. Das Zimmer war voller Rauch, und meine Frau war fast am Ersticken. Ich sprang auf und schleppte sie zum Hintereingang hinaus.

Als ich sie im Garten in Sicherheit hatte, fiel mir Mr. Thornburgh ein, und ich versuchte, noch mal zurück ins Haus zu gelangen, aber das ganze Erdgeschoß war schon ein einziges Flammenmeer. Ich rannte nach vorn, um zu sehen, ob er sich hatte retten können, fand aber keine Spur von ihm. Der ganze Vorgarten war mittlerweile taghell. Dann hörte ich ihn schreien – ein grauenhafter Schrei, Sir –, ich höre ihn noch jetzt! Und ich sah hinauf zu seinem Fenster – es war das Vorderzimmer im ersten Stock –, und da sah ich ihn, wie er versuchte, nach draußen zu gelangen. Aber das ganze Balkenwerk brannte schon, und er schrie noch einmal und fiel dann nach hinten, und gleich darauf stürzte das Dach über seinem Zimmer ein.

Eine Leiter oder irgend etwas, womit ich hätte zum Fenster hinaufkommen können, war nicht da – es gab nichts, was ich tun konnte.

In der Zwischenzeit war ein Herr auf der Straße aus seinem Automobil gestiegen und zu mir herübergekommen, aber es gab tatsächlich nichts, was wir hätten tun können –, das Haus brannte überall und stürzte hier und da zusammen. Also sind wir wieder nach hinten, wo ich meine Frau zurückgelassen hatte, trugen sie weiter von dem Feuer weg und brachten sie wieder zu sich – sie war ohnmächtig geworden. Das ist alles, was ich weiß, Sir.«

»Haben Sie früher am Abend irgendwelche Geräusche gehört? Oder irgend jemanden ums Haus herumschleichen sehen?«

»Nein, Sir.«

»War irgendwo Benzin im Haus?«

»Nein, Sir. Mr. Thornburgh hatte kein Auto.«

»Kein Reinigungsbenzin?«

»Nein, Sir, nicht das geringste bißchen, es sei denn, Mr. Thornburgh hatte welches in seiner Werkstatt. Wenn seine Kleider gereinigt werden mußten, brachte ich sie in die Stadt, und seine Wäsche nahm der Kaufmann mit, wenn er die Lebensmittel anlieferte.«

»Sie haben von nichts gehört, was irgendwie mit dem Feuer im Zusammenhang stehen könnte?«

»Nein, Sir. Ich war sehr erstaunt, als ich hörte, jemand habe das Haus angesteckt. Ich konnte es kaum glauben. Ich kann mir nicht denken, warum das jemand getan haben sollte ...«

»Was halten Sie von den beiden?« fragte ich McClump, als wir das Hotel wieder verließen.

»Sie könnten vielleicht Rechnungen fälschen oder mit einem Teil des Silbers stiften gehen, aber wie Killer kommen sie mir nicht vor.«

Das war auch meine Meinung, und doch waren sie, abgesehen von dem Toten, die einzigen, von denen man wußte, daß sie im Haus gewesen waren, als das Feuer ausbrach. Wir gingen rüber zur Stellenvermittlung Allis und sprachen mit dem Besitzer.

Er erzählte uns, die Coons seien am zweiten Juni auf der Suche nach Arbeit in sein Büro gekommen und hätten eine Mrs. Edward Comerford, Woodmansee Terrace 45, Seattle, Washington, als Referenz angegeben. Auf seinen Brief hin – bei Hausangestellten überpüfe er stets die Referenzen – habe Mrs. Comerford geantwortet, die Coons seien eine Reihe von Jahren in ihren Diensten und »in jeder Hinsicht äußerst zufriedenstellend« gewesen. Am dreizehnten Juni habe Thornburgh die Stellenvermittlung angerufen und darum gebeten, ihm einen Mann und eine Frau rauszuschicken, die ihm den Haushalt führen könnten, und Allis habe zwei Ehepaare hingeschickt, die er in seinem Register führte. Keins der beiden Paare sei von Thornburgh engagiert worden, obgleich sie auf Allis angenehmer als die Coons gewirkt hätten, die dann von Thornburgh schließlich eingestellt wurden.

All das schien zweifelsfrei darauf hinzudeuten, daß die Coons sich nicht mit Vorbedacht auf den Posten geschmuggelt hatten, oder sie waren Menschen, die alles Glück auf Erden hatten – und ein Detektiv kann es sich nicht leisten, an Glück oder Zufall zu glauben, es sei denn, es gibt eindeutige Hinweise dafür.

Im Büro der Immobilienmakler, durch die Thornburgh das Haus erworben hatte – Newning & Weed – wurde uns gesagt, Thornburgh sei am elften Juni erschienen, habe mitgeteilt, ihm sei gesagt worden, das Haus sei zu kaufen; er habe es besichtigt und den Preis wissen wollen. Der Handel sei am nächsten Morgen abgeschlossen worden, und er habe mit einem Scheck über 14 500 Dollar bezahlt, der auf die Seemannsbank San Francisco lautete. Das Haus sei bereits möbliert gewesen.

Nach dem Mittagessen statteten McClump und ich Howard Henderson einen Besuch ab – dem Mann, der das Feuer auf seiner Heimfahrt von Wayton gesehen hatte. Er hatte sein Büro im Empire Building. An der Tür standen sein Name und sein Beruf: »Nordkalifornischer Vertreter für Krispy Korn Krumbs«. Er war ein großer, kräftiger, unbekümmert dreinschauender

Mann von ungefähr fünfundvierzig Jahren mit dem professionell vergnügten Lächeln eines Reisevertreters.

Er sei am Tag des Brandes auf Geschäftsreise in Wayton gewesen, sagte er, und sei bis ziemlich spät dort geblieben, habe zu Abend gegessen und anschließend mit einem Lebensmittelhändler namens Hammersmith – einem seiner Kunden – Billard gespielt. Von Wayton sei er mit seinem Wagen ungefähr um halb elf in Richtung Sacramento aufgebrochen. In Tavender habe er an der Tankstelle gehalten, um zu tanken, um Öl nachzufüllen und die Luft eines Reifens überprüfen zu lassen.

Als er die Tankstelle gerade verlassen wollte, habe der Tankwart ihn auf einen roten Lichtschein am Himmel aufmerksam gemacht und zu ihm gesagt, der stamme wahrscheinlich von einem Feuer irgendwo an der alten Landstraße, die parallel zur Staatsstraße nach Sacramento verlaufe. Henderson habe also die Landstraße genommen und sei gerade noch rechtzeitig an dem brennenden Haus angekommen, um zu sehen, wie Thornburgh versucht habe, sich durch die Flammen, die ihn eingeschlossen hatten, einen Weg freizukämpfen.

Es sei für jeden Löschversuch zu spät gewesen, und der Mann oben im Haus sei nicht mehr zu retten gewesen – ohne Zweifel tot, noch ehe das Dach einstürzte. Darum habe Henderson

Coons dabei geholfen, seine Frau wieder zu sich zu bringen, und er sei dort geblieben und habe dem Feuer zugesehen, bis es niedergebrannt war. Auf der Landstraße habe er niemanden bemerkt, als er auf das Feuer zufuhr...

»Was wissen Sie über Henderson?« fragte ich McClump, als wir wieder auf der Straße standen.

»Kam von irgendwoher aus dem Osten hierher, ich glaube, im Frühsommer, um diese Frühstücksflocken-Vertretung aufzumachen. Wohnt im Garden Hotel. Wo gehen wir als nächstes hin?«

»Wir nehmen uns einen Wagen und werfen mal einen Blick auf das, was von Thornburghs Haus übrig ist.«

Ein unternehmungslustiger Brandstifter hätte sich keinen schöneren Ort wählen können, um sein Mütchen zu kühlen, und wenn er das ganze County durchsucht hätte. Baumbestandene Hügel schlossen ihn auf drei Seiten gegen die übrige Welt ab, während sich auf der vierten eine unbewohnte Ebene zum Fluß hinab erstreckte. Die Landstraße, die vor dem Haus vorbeiführte, werde von Automobilen gemieden, sagte McClump, in der Regel gäben die Leute dem State Highway in Richtung Norden den Vorzug.

Wo das Haus gestanden hatte, befand sich nur noch ein Berg geschwärzter Trümmer. Wir stocherten ein paar Minuten in der Asche herum – nicht weil wir etwas zu finden erwarteten, sondern weil es zur Natur des Menschen gehört, in Trümmern herumzustochern.

Eine Garage auf der Rückseite, deren Inneres nicht darauf hindeutete, daß jemand sie in letzter Zeit benutzt hatte, war an der Vorderseite und am Dach reichlich angesengt, im übrigen aber unbeschädigt. Ein Schuppen dahinter, der eine Axt, eine Schaufel und einigen Krimskrams an Gartengeräten enthielt, war von dem Feuer völlig verschont geblieben. Der Rasen vor dem Haus und der Garten hinter dem Schuppen – alles in allem etwa ein Acre – waren durch Wagenräder und die Füße der Feuerwehrleute und Schaulustigen so ziemlich völlig umgepflügt und plattgetrampelt.

Nachdem wir unsere blankgewienerten Schuhe ruiniert hatten, stiegen McClump und ich wieder in den Wagen und begaben uns auf eine Rundreise um den Brandort herum, auf der wir allen Häusern im Umkreis von gut einer Meile einen Besuch abstatteten, doch abgesehen davon, daß wir zu unserem Verdruß furchtbar durchgerüttelt wurden, passierte nicht viel.

Das nächstgelegene Haus war das von Pringle, dem Mann, der Alarm geschlagen hatte; aber er wußte nicht nur nichts über den Toten, er sagte auch, er habe ihn nie auch nur zu Gesicht bekommen. Tatsächlich hatte ihn nur einer der Nachbarn überhaupt jemals gesehen: eine Mrs. Jabine, die ungefähr eine Meile nach Süden zu wohnte.

Sie hatte den Schlüssel des Hauses in Verwahrung gehabt, solange es leergestanden hatte, und ein, zwei Tage, bevor Thornburgh es kaufte, war er zu ihr gekommen und hatte sich danach erkundigt. Sie war mit ihm hinübergefahren, hatte ihm alles gezeigt, und er hatte ihr verraten, daß er vorhabe, es zu kaufen, falls es nicht zu teuer sei.

Er war, vom Chauffeur des Mietwagens abgesehen, mit dem er aus Sacramento gekommen war, allein gewesen, und außer daß er keine Familie besitze, habe er ihr nichts von sich erzählt.

Als sie schließlich hörte, er sei mittlerweile eingezogen, war sie ein paar Tage später hinübergefahren, um ihn zu besuchen – »nur auf einen nachbarlichen Plausch« –, aber ihr war von Mrs. Coons mitgeteilt worden, er sei nicht zu Hause. Fast alle Nachbarn hatten mit den Coons gesprochen und den Eindruck gewonnen, Thornburgh lege auf Besuche keinen großen Wert, und so hatten sie ihn in Ruhe gelassen. Von den Coons wurde gesagt, es sei »recht angenehm mit ihnen zu plaudern, wenn man ihnen begegnet«, aber auch sie hätten wie ihr Arbeitgeber den Wunsch zu erkennen gegeben, keine Freundschaften zu schließen.

Während wir mit unserem Wagen auf Tavender zusteuerten, faßte McClump zusammen, was uns der Nachmittag gebracht hatte: »Jeder von diesen Leuten könnte das Haus in Brand gesteckt haben, aber wir haben keinen Beweis dafür, daß einer von ihnen Thornburgh auch nur kannte, geschweige denn ein Hühnchen mit ihm zu rupfen hatte.«

Tavender, so stellte sich heraus, war, etwa zwei Meilen von Thornburghs Haus entfernt, eine kleine Siedlung, die aus einem Gemischtwarenladen samt Postamt, einer Autowerkstatt, einer Kirche und sechs Wohnhäusern bestand. McClump kannte den Ladenbesitzer und Postamtsleiter, einen dürren, kleinen Mann namens Philo, der spuckereich stotterte.

»Ich h-habe Th-thornburgh n-n-nie ges-sehen«, sagte er, »u-und P-post hatte ich auch n-n-nie für ihn. C-coons« – es hörte sich an wie eins von diesen Dingern, aus denen Schmetterlinge ausschlüpfen – »k-kam normalerweise ei-einmal die Woche her, u-um Lebensmittel zu bestellen – sie ha-hatten kein T-telefon. Er kam her, u-und ich sch-schickte die Sachen in meinem W-w-wagen rüber. Und da-dann sah ich ihn h-hin und wieder, wenn er auf den B-bus nach S-s-sacramento w-w-artete.«

»Wer fuhr die Sachen zu Thornburgh raus?«

»M-m-mein S-sohn. Wollen Sie m-mit ihm reden?«

Der Sohn war eine junge Ausgabe des Alten, doch ohne das Stottern. Er hatte Thornburgh bei keinem seiner Besuche je zu Gesicht bekommen, aber seine Pflichten hatten ihn auch nie weiter als in die Küche geführt. Er hatte in dem Haus nichts Besonderes bemerkt.

»Wer macht an der Tankstelle die Nachtschicht?« fragte ich ihn.

»Billy Luce. Ich glaube, wenn Sie jetzt rübergehen, erwischen Sie ihn. Ich hab ihn vor ein paar Minuten gesehen.«

Wir überquerten die Straße und fanden Luce.

»Vorgestern abend, der Abend mit dem Feuer hinten an der Straße, war da ein Mann hier, der mit Ihnen gesprochen hat, als Sie das Feuer sahen?«

Er drehte die Augen zu diesem leeren Blick nach oben, den die Leute aufsetzen, wenn sie ihrem Gedächtnis auf die Sprünge helfen.

»Ja, jetzt fällt's mir wieder ein! Er fuhr in die Stadt, und ich sagte zu ihm, wenn er die Landstraße statt der Staatsstraße nähme, käme er auf seinem Weg am Feuer vorbei.«

»Was für ein Typ Mann war er?«

»Mittleres Alter – groß und kräftig, aber irgendwie lasch. Ich glaube, er hatte einen braunen, ausgebeulten und zerknitterten Anzug an.«

»Gewöhnliche Hautfarbe?«

»Ja.«

»Lächelte, wenn er redete?«

»Ja, ein netter Kerl.«

»Braunes Haar?«

»Yeah, aber das isses auch schon!« lachte Luce. »Ich hab ihn nicht unter die Lupe genommen.«

Von Tavender fuhren wir rüber nach Wayton. Luces Beschreibung hatte voll auf Henderson gepaßt, aber wo wir schon mal dabei waren, dachten wir, wir könnten auch noch überprüfen, ob er tatsächlich aus Wayton gekommen war.

Wir verbrachten in Wayton genau fünfundzwanzig Minuten: zehn, um Hammersmith zu finden, den Lebensmittelhändler, mit dem Henderson zu Abend gegessen und Billard gespielt hatte, wie er sagte; fünf Minuten, um den Besitzer des Billardsalons aufzutreiben, und zehn, um Hendersons Geschichte zu überprüfen ...

»Was denken Sie jetzt von der Sache, Mac?« fragte ich, während wir wieder auf Sacramento zurollten.

Mac ist zu faul, eine Meinung zu äußern oder sich auch nur eine zu bilden, wenn er nicht dazu gezwungen wird, was aber nicht heißt, daß es sich nicht lohnt, sie sich anzuhören, falls man sie zu hören bekommt.

»Da gibt's nicht so wahnsinnig viel zu denken«, sagte er bereitwillig. »Henderson ist aus der Sache raus, wenn er je drin gewesen ist. Es läßt sich nicht nachweisen, daß irgend jemand außer den Coons und Thornburgh im Haus war, als das Feuer ausbrach – aber es könnte ein ganzes Bataillon dort gewesen sein. Diese Coons machen vielleicht keinen allzu ehrlichen Eindruck, aber sie sind keine Mörder, oder ich bin schief gewickelt. Tatsache allerdings bleibt, daß sie bis jetzt die einzige Möglichkeit sind, die wir haben. Vielleicht sollten wir versuchen, Informationen über sie einzuholen.«

»In Ordnung«, stimmte ich zu. »Sobald wir wieder in der Stadt sind, schicke ich ein Kabel an unser Büro in Seattle und bitte die Jungs, Mrs. Comerford zu befragen und zu sehen, was sie über das Ehepaar erzählen kann. Und dann nehme ich einen Zug nach San Francisco und schaue am Morgen mal bei Thornburghs Nichte vorbei.«

Bei der Adresse, die mir McClump gegeben hatte – einem recht luxuriösen Apartmenthaus in der California Street –, mußte ich am nächsten Morgen eine Dreiviertelstunde warten, bis sich Mrs. Evelyn Trowbridge angekleidet hatte. Wenn ich jünger oder an ihr persönlich interessiert gewesen wäre, hätte ich mich wahrscheinlich reichlich belohnt gefühlt, als sie schließlich hereinkam – eine hochgewachsene, schlanke Frau, noch keine dreißig, in irgendeinem enganliegenden, schwarzen Etwas, mit viel schwarzem Haar über einem weißen Gesicht, das durch einen kleinen, roten Mund und große, braune Augen eindrucksvoll betont wurde.

Aber ich war ein sehr beschäftigter Detektiv in vorgerücktem Alter, der sich aufregte, wenn man seine Zeit verplemperte; und viel stärker als an weiblicher Schönheit war ich daran interessiert, den Kerl zu finden, der das Streichholz angerissen hatte. Dennoch schluckte ich meine miese Laune runter, entschuldigte mich, sie zu so früher Stunde gestört zu haben, und kam gleich zur Sache.

»Ich möchte, daß Sie mir alles erzählen, was Sie über Ihren Onkel wissen – seine Familie, Freunde, Feinde, Geschäftsverbindungen – alles.«

Ich hatte auf die Rückseite der Karte, die ich zu ihr hineingeschickt hatte, gekritzelt, was mein Anliegen war.

»Er hatte keine Familie«, sagte sie, »es sei denn, ich wäre das. Er war der Bruder meiner Mutter, und ich bin jetzt die einzige aus der Familie, die noch am Leben ist.«

»Wo wurde er geboren?«

»Hier in San Francisco. Ich weiß das Datum nicht, aber er war ungefähr fünfzig, glaube ich – drei Jahre älter als meine Mutter.«

»Was war er von Beruf?«

»Als Junge ging er zur See, und soweit ich weiß, ist er bis vor wenigen Monaten die ganze Zeit dabeigeblieben.«

»Kapitän?«

»Das weiß ich nicht. Manchmal ließ er mehrere Jahre lang nichts von sich hören oder sehen, und er sprach nie darüber, was er im einzelnen machte. Vielleicht erwähnte er mal ein paar Orte, die er besucht hatte – Rio de Janeiro, Madagaskar, Tobago, Christiana. Dann, etwa vor drei Monaten – irgendwann im Mai –, kam er her und erzählte mir, daß er das Herumreisen satt habe, daß er sich ein Haus an irgendeinem ruhigen Ort zulegen wolle, wo er ungestört an einer Erfindung arbeiten könne, die ihn sehr beschäftige.

Solange er hier in der Stadt war, wohnte er im Francisco Hotel. Nach ein paar Wochen verschwand er dann plötzlich. Und vor ungefähr einem Monat erhielt ich ein Telegramm von ihm, in dem er mich bat, ihn in seinem Haus in der Nähe von Sacramento zu besuchen. Ich fuhr gleich am nächsten Tag hin und hatte das Gefühl, daß er sich recht sonderbar verhielt – er schien über irgend etwas sehr erregt zu sein. Er händigte mir ein Testament aus, das er gerade aufgesetzt hatte, und einige Lebensversicherungspolicen, in die ich als Nutznießerin eingetragen war.

Unmittelbar darauf verlangte er, daß ich wieder nach Hause führe, und gab mir ziemlich unverblümt zu verstehen, daß er wünsche, daß ich ihn weder besuche noch ihm schreibe, bis ich wieder von ihm höre. Ich fand das alles recht merkwürdig, weil ich eigentlich immer das Gefühl gehabt hatte, daß er mich sehr mochte. Seitdem habe ich ihn nicht mehr gesehen.«

»Was war das für eine Erfindung, an der er arbeitete?«

»Ich weiß es wirklich nicht. Ich habe ihn einmal danach gefragt, aber er wurde so gereizt – geradezu mißtrauisch–, daß ich das Thema wechselte und nie mehr darauf zurückkam.«

»Sind Sie sicher, daß er wirklich all die Jahre zur See gefahren ist?«

»Nein. Ich habe es einfach stillschweigend als gegeben hingenommen, aber vielleicht hat er auch was ganz anderes gemacht.«

»War er jemals verheiratet?«

»Nicht, daß ich wüßte.«

»Kennen Sie irgendwelche Freunde oder Feinde von ihm?«

»Nein.«

»Erinnern Sie sich an irgendwelche Namen, die er mal erwähnt hat?«

»Nein.«

»Ich möchte nicht, daß Sie die nächste Frage für unverschämt halten, auch wenn sie es zugegebenermaßen ist. Wo waren Sie in der Brandnacht?«

»Zu Hause. Ich hatte ein paar Freunde zum Abendessen hier, und sie blieben bis gegen Mitternacht. Mr. und Mrs. Walker Kellogg, Mrs.

John Dupree und ein Mr. Killmer, der Rechtsanwalt ist. Ich kann Ihnen die Adressen geben, wenn Sie die Leute befragen möchten.«

Von Mrs. Trowbridge ging ich zum Francisco Hotel. Thornburgh war dort vom zehnten Mai bis zum dreizehnten Juni eingetragen gewesen und hatte nicht viel Aufmerksamkeit auf sich gezogen. Er sei ein hochgewachsener, breitschultriger, sich sehr aufrecht haltender Mann von etwa fünfzig gewesen, habe recht lange, braune, straff nach hinten gebürstete Haare, einen kurzen braunen Spitzbart und einen gesunden, rötlichen Teint gehabt – gesetzt, unauffällig und förmlich in Kleidung und Auftreten: Er habe ein normales Leben geführt und keine Besucher gehabt, an die sich einer der Hotelangestellten erinnern könne.

Auf der Seemannsbank – auf die Thornburghs Scheck lautete, mit dem er das Haus bezahlt hatte – wurde mir gesagt, er habe dort auf eine Empfehlung von W. W. Jeffers & Sons, ortsansässigen Börsenmaklern, am fünfzehnten Mai ein Konto eröffnet. Ein Guthaben von etwas mehr als vierhundert Dollar war auf seinem Konto verblieben. Die vorhandenen eingelösten Schecks waren sämtlich auf verschiedene Lebensversicherungsgesellschaften ausgestellt und auf Summen, die, wenn sie Prämien darstellten, ziemlich hohe Policen vermuten ließen. Ich notierte mir die Namen der Lebensversicherungsgesellschaften und ging dann zum Büro von W. W. Jeffers & Sons.

Thornburgh, so wurde mir dort mitgeteilt, sei am zehnten Mai mit Pfandbriefen im Wert von 15 000 Dollar erschienen, die er habe verkaufen wollen. Während eines der Gespräche mit Jeffers habe er den Makler auch darum gebeten, ihm eine Bank zu empfehlen, und Jeffers habe ihm ein Schreiben an die Seemannsbank ausgehändigt.

Das war alles, was Jeffers über ihn wußte. Er gab mir die Nummern der Pfandbriefe, aber Pfandbriefen nachzuspüren ist nicht immer das Leichteste auf der Welt.

Als ich in die Continental Detective Agency kam, wartete dort die Antwort auf mein Telegramm nach Seattle auf mich:

»Mrs. Edward Comerford mietete Apartment unter angegebener Adresse am fünfundzwanzigsten Mai. Gab es auf am sechsten Juni. Koffer am selben Tag nach San Francisco. Kontrollnummern vier fünf zwei fünf acht sieben und acht und neun.«

Gepäckstücken nachzuspüren, ist überhaupt keine Kunst, vor allem wenn man die Daten und Kontrollnummern hat – wie es einem so mancher Knastbruder, der ganz ähnliche Nummern auf Brust und Rücken trägt, bestätigen kann –, und nach fünfundzwanzig Minuten im Gepäckraum der Fährgesellschaft und einer halben Stunde im Büro einer Spedition hatte ich meine Antwort.

Die Koffer waren zum Apartment von Mrs. Evelyn Trowbridge transportiert worden!

Ich rief Jim Tarr an und erzählte ihm die Sache.

»Gute Arbeit!« sagte er und vergaß ausnahmsweise mal, seinen Witz zu bemühen. »Wir nehmen das Ehepaar Coons hier und Mrs. Trowbridge dort fest, und damit wäre wieder mal ein Rätsel gelöst.«

»Nun mal langsam!« warnte ich ihn. »Noch ist nicht alles klar – die Geschichte hat noch ein paar Schwachstellen.«

»Für mich ist die Sache klar genug. Ich bin zufrieden.«

»Sie sind der Chef, aber ich denke, Sie haben's 'n bißchen eilig. Ich geh rauf und rede noch mal mit der Nichte. Lassen Sie mir etwas Zeit, ehe Sie einen Wagen schicken, um die Verhaftung vorzunehmen. Ich halte sie auf jeden Fall so lange auf, bis die Polizei da ist.«

Diesmal ließ mich Evelyn Trowbridge statt des Dienstmädchens herein, das mir am Morgen die Tür aufgemacht hatte, und führte mich in dasselbe Zimmer, in dem wir unser erstes Gespräch gehabt hatten. Ich ließ sie sich einen Platz wählen und suchte mir dann selbst einen, der näher zu beiden Türen lag als ihrer.

Auf meinem Weg zu ihr hatte ich mir jede

Menge harmlos klingende Fragen zurechtgelegt, in denen sie sich restlos verheddern sollte, aber als ich mir diese Frau genauer ansah, wie sie da vor mir saß, sich bequem in ihren Sessel zurücklehnte und gelassen darauf wartete, daß ich meinen Vers los wurde, verzichtete ich auf alle Tricks und fiel ganz einfach mit der Tür ins Haus.

»Benutzen Sie manchmal den Namen Mrs. Edward Comerford?«

»Oh, ja.« So beiläufig wie ein Nicken auf der Straße.

»Wann?«

»Oft. Sehen Sie, zufällig war ich vor nicht allzu langer Zeit mit Mr. Edward Comerford verheiratet. Und so ist es doch eigentlich nicht merkwürdig, daß ich den Namen benutze.«

»Haben Sie ihn in der letzten Zeit in Seattle benutzt?«

»Ich würde vorschlagen«, sagte sie zuckersüß, »wenn Sie auf die Referenzen hinauswollen, die ich Coons und seiner Frau gegeben habe, könnten Sie uns viel Zeit ersparen, wenn Sie direkt darauf zu sprechen kommen.«

»Einverstanden«, sagte ich. »Machen wir das.«

Keine Betonung oder Nuancierung in Stimme, Verhalten oder Ausdruck deutete darauf hin, daß sie über etwas auch nur halbwegs so Ernstes oder Wichtiges sprach wie die Möglichkeit, des Mordes bezichtigt zu werden. Sie hätte genausogut über das Wetter reden können.

»Während der Zeit, in der ich mit Mr. Comerford verheiratet war, wohnten wir in Seattle, wo er noch immer lebt. Nach der Scheidung verließ ich Seattle und nahm wieder meinen Mädchennamen an. Die Coons *standen* in unseren Diensten, wie Sie feststellen werden, wenn Sie sich die Mühe machen, dem nachzugehen. Sie werden meinen Mann – oder ehemaligen Mann – im Chelsea Apartmenthaus finden, denke ich.

Im letzten Sommer oder Ende Frühjahr beschloß ich, nach Seattle zurückzukehren. Die Wahrheit ist – ich nehme an, meine persönlichen Angelegenheiten werden sowieso an die Öffentlichkeit gebracht –, daß ich dachte, Edward und ich, wir könnten unsere Differenzen irgendwie beilegen. Ich ging also zurück und nahm mir eine Wohnung in der Woodmansee Terrace. Da ich in Seattle als Mrs. Edward Comerford bekannt war und dachte, wenn ich seinen Namen benutzte, würde ihn das möglicherweise ein bißchen beeinflussen, tat ich das, solange ich dort war.

Ich rief auch das Ehepaar Coons an, um provisorisch Verabredungen für den Fall zu treffen, daß Edward und ich unser Haus wieder öffnen sollten. Aber Coons sagte mir, sie gingen nach Kalifornien, und so schrieb ich ihnen mit Freuden eine vorzügliche Empfehlung, als ich einige

Tage später von einer Stellenvermittlung in Sacramento eine Anfrage erhielt. Nachdem ich mich ungefähr zwei Wochen in Seattle aufgehalten hatte, änderte ich meine Meinung hinsichtlich einer Versöhnung – Edwards Interessen, so hörte ich, richteten sich ganz woandershin. Ich kehrte nach San Francisco zurück –«

»Sehr schön! Aber –«

»Wenn Sie mich bitte ausreden lassen wollen«, unterbrach sie mich. »Als ich meinen Onkel auf sein Telegramm hin besuchen fuhr, war ich überrascht, die Coons in seinem Haus vorzufinden. Da ich die Schrullen meines Onkels kannte, die inzwischen noch zugenommen hatten, und ich mich an seine ungeheure Heimlichtuerei um seine mysteriöse Erfindung erinnerte, riet ich den Coons, ihm nichts davon zu sagen, daß sie bei mir gearbeitet hatten.

Er hätte sie wahrscheinlich entlassen und sich ebenso wahrscheinlich mit mir gestritten – er wäre bestimmt der Meinung gewesen, ich wollte ihn ausspionieren lassen. Als mich Coons dann nach dem Brand anrief, war mir klar, wenn ich zugäbe, daß die Coons zuvor in meinen Diensten gestanden hatten, würde das angesichts der Tatsache, daß ich die Alleinerbin meines Onkels bin, den Verdacht auf uns alle drei lenken. Und so kamen wir törichterweise überein, gar nichts zu sagen und bei dem Schwindel zu bleiben.«

Das hörte sich gar nicht so falsch an – aber es hörte sich auch nicht ganz richtig an. Ich wünschte mir, Tarr würde ruhiger rangehen und ließe uns bessere Informationen über diese Leute zusammentragen, ehe er sie ins Kittchen brachte.

»Der Zufall, daß die beiden Coons ausgerechnet im Haus meines Onkels landeten, ist wahrscheinlich zuviel für Ihren Enthüllungstrieb«, fuhr sie fort. »Habe ich mich als verhaftet zu betrachten?«

Ich beginne so langsam, dieses Mädchen zu mögen, sie ist ein hübsches, kaltblütiges Ding.

»Noch nicht«, erwiderte ich ihr. »Aber ich fürchte, es wird ziemlich bald soweit sein.«

Daraufhin zeigte sie ein kleines, spöttisches Lächeln, und noch eins, als es an der Tür klingelte.

Es war O'Hara vom Präsidium. Wir drehten die Wohnung von oben nach unten und von innen nach außen, fanden aber nichts von Belang, bis auf das Testament, von dem sie mir erzählt hatte und das auf den achten Juli datiert war, sowie die Policen der Lebensversicherungen ihres Onkels. Sie waren sämtlich zwischen dem fünfzehnten Mai und dem zehnten Juni datiert und beliefen sich auf etwas mehr als 200 000 Dollar.

Eine Stunde verbrachte ich damit, das Dienstmädchen in die Mangel zu nehmen, nachdem

O'Hara Evelyn Trowbridge mitgenommen hatte, aber sie wußte auch nicht mehr als ich. Dennoch erfuhr ich von ihr, von dem Portier, dem Hausverwalter und den Leuten, die mir Mrs. Trowbridge genannt hatte, daß sie tatsächlich in der Brandnacht Freunde zu Gast gehabt hatte – jedenfalls bis nach elf –, und das war spät genug.

Eine halbe Stunde später machte ich mich mit der Short Line auf den Weg zurück nach Sacramento. Ich wurde allmählich einer der besten Kunden dieser Linie, und meine Anatomie hatte zu jedem Schlagloch in der Straße ein aufrüttelndes Verhältnis.

Zwischen den Hopsern versuchte ich die Teile des Thornburgh-Puzzles zusammenzusetzen. Die Nichte und das Ehepaar Coons paßten zwar irgendwo hinein, aber nicht genau dort, wo wir sie plaziert hatten. Wir hatten irgendwie einseitig an der Sache gearbeitet, und doch war es das Beste gewesen, was wir hatten tun können. Zu Anfang hatten wir uns den Coons und Evelyn Trowbridge zugewandt, da wir uns in keine andere Richtung bewegen konnten, und jetzt hatten wir was gegen sie in der Hand – nur daß ein guter Anwalt daraus Hackfleisch machen konnte.

Die Coons saßen bereits im Kreisgefängnis, als ich nach Sacramento kam. Nach einigen Fragen hatten sie ihre Verbindung zur Nichte zugegeben und eine Aussage gemacht, die mit der von Mrs. Trowbridge übereinstimmte.

Tarr, McClump und ich saßen um den Schreibtisch des Sheriffs herum und diskutierten.

»Diese Geschichten sind doch Hirngespinste«, sagte der Sheriff. »Wir haben alle drei auf Nummer Sicher, und sie sind so gut wie verurteilt.«

McClump grinste seinen Vorgesetzten spöttisch an, dann wandte er sich an mich.

»Na los, zeigen Sie ihm die Löcher in seinem kleinen Fall. Er ist nicht Ihr Chef und kann's an Ihnen später nicht auslassen, daß Sie klüger waren als er!«

Tarr blickte von einem zum anderen.

»Spuckt's schon aus, ihr Klugscheißer!« befahl er.

»Nach unserer Kenntnis«, teilte ich ihm mit, wobei ich davon ausging, daß McClumps Ansicht dieselbe wie meine war, »ist mit nichts zu beweisen, daß Thornburgh vor dem zehnten Juni schon gewußt hat, daß er das Haus kaufen würde, und doch waren die Coons bereits seit dem zweiten in der Stadt auf Stellensuche. Und außerdem war es nur ein Zufall, daß sie die Jobs bekamen. Denn die Stellenvermittlung hat vor ihnen zwei andere Ehepaare hingeschickt.«

»Wir lassen es drauf ankommen, daß die Geschworenen das rausfinden.«

»Ja? Lassen Sie es auch drauf ankommen, daß sie rauskriegen, daß Thornburgh, der anscheinend ein Vollidiot war, das Haus selber angezündet haben könnte! Wir haben gegen diese Leute etwas in der Hand, Jim, aber nicht genug, um sie vor Gericht zu bringen. Wie wollen Sie denn beweisen, daß, als die Coons in Thornburghs Haus eingeschleust wurden – falls wir tatsächlich beweisen können, daß sie eingeschleust wurden –, daß sie und die Trowbridge wußten, daß Thornburgh sich mit Versicherungspolicen eindecken würde?«

Der Sheriff spuckte empört aus.

»Ihr beiden seid doch die Höhe! Ihr rennt in der Gegend rum und kratzt Informationen gegen diese Leute zusammen, bis ihr genug habt, um sie an den Galgen zu bringen, und dann rennt ihr rum und sucht nach Entlastungsmaterial! Was ist denn plötzlich mit euch los?«

Ich antwortete ihm auf dem Weg zur Tür – die Puzzleteile begannen sich unter meiner Schädeldecke zusammenzufügen.

»Will noch'n bißchen in der Gegend rumrennen – los, Mac!«

McClump und ich besprachen uns unterwegs, dann besorgte ich mir bei der nächsten Autowerkstatt einen Wagen und machte mich damit auf den Weg nach Tavender. Ich fuhr schnell und kam an, bevor der Gemischtwarenladen für die Nacht geschlossen wurde. Der stotternde Philo verließ die beiden Männer, mit denen er sich unterhalten hatte, und folgte mir in den hinteren Teil des Ladens.

»Führen Sie genau Buch über die Wäsche, die Sie weiterleiten?«

»N-n-nein, nur über die Summen.«

»Sehen wir uns mal Thornburghs an.«

Er zog ein verschmutztes und zerknautschtes Rechnungsbuch hervor, und wir suchten die wöchentlichen Posten zusammen, die ich benötigte: 2,60 Dollar, 3,10 Dollar, 2,25 Dollar und so weiter.

»Haben Sie den letzten Stapel Wäsche da?«

»J-ja«, sagte er. »Er i-ist gerade h-heute aus d-der Stadt zurückgek-kommen.«

Ich riß das Paket auf – ein paar Bettlaken, Kissenbezüge, Tischtücher, Handtücher, Servietten, ein bißchen Damenwäsche und einige Oberhemden, Kragen, etwas Unterwäsche und Socken, die unübersehbar Coons gehörten. Ich dankte Philo, während ich zum Wagen zurückrannte.

In Sacramento wartete McClump schon an der Autowerkstatt auf mich, bei der ich mir den Wagen geliehen hatte.

»Trug sich am fünfzehnten Juni im Hotel ein, mietete das Büro am sechzehnten. Glaube, er ist gerade oben auf seinem Zimmer«, begrüßte er mich. Wir rannten um den Block zum Garden Hotel.

»Mr. Henderson ist vor wenigen Minuten ausgegangen«, teilte uns der Nachtportier mit. »Er schien es eilig zu haben.«

»Wissen Sie, wo er seinen Wagen hat?«

»In der Hotelgarage um die Ecke.«

Wir waren drei Meter von der Garage weg, als Hendersons Wagen herausgeschossen kam und in die Straße einbog.

»Oh, Mr. Henderson!« rief ich und versuchte, meiner Stimme nichts anmerken zu lassen.

Er trat aufs Gas und raste davon.

»Wollen Sie ihn haben?« fragte McClump, und auf mein Nicken hin hielt er einen vorbeikommenden Sportwagen an, indem er sich ihm ganz einfach in den Weg stellte.

Wir stiegen ein, McClump ließ kurz seinen Stern vor dem verdutzten Fahrer aufblitzen und zeigte auf Hendersons in der Ferne verschwindendes Schlußlicht. Nachdem sich der gekidnappte Fahrer überzeugt hatte, daß er nicht von zwei Banditen überfallen worden war, tat er sein Bestes, so daß wir nach zwei, drei Querstraßen Hendersons Schlußlicht wieder in Sicht hatten und uns langsam an ihn heranarbeiteten – obwohl sein Wagen ein ganz schönes Tempo drauf hatte.

Als wir die Außenbezirke der Stadt erreichten, hatten wir uns auf sichere Schußentfernung herangepirscht, und ich schoß dem Flüchtigen eine Kugel über den Kopf weg. Das feuerte ihn mächtig an, und er vermochte noch etwas Tempo aus seinem Wagen herauszuquetschen, aber wir holten ihn langsam ein.

Genau im falschen Moment kam Henderson auf die Idee, sich nach uns umzudrehen – eine Unebenheit in der Straße versetzte seinen Rädern einen Stoß, der Wagen kam ins Schlingern, schleuderte – kippte auf die Seite. Fast im selben Moment fuhr ein Blitz mitten aus dem Durcheinander, und eine Kugel rauschte an meinem Ohr vorbei. Dann noch eine. Und während ich noch nach etwas suchte, worauf ich in dem Schrotthaufen schießen konnte, auf den wir zurasten, dröhnte mir McClumps uralter, zerschrammter Revolver ins andere Ohr.

Henderson war tot, als wir bei ihm waren – McClumps Kugel hatte ihn über einem Auge erwischt. McClump richtete über der Leiche das Wort an mich.

»Ich bin ja kein neugieriger Mensch, aber ich hoffe, Sie erzählen mir freundlicherweise, warum ich den Kerl erschossen habe.«

»Weil er – Thornburgh war.«

Ungefähr fünf Minuten sprach er kein Wort. Dann: »Ich schätze, Sie haben recht. Wie sind Sie draufgekommen?«

Wir saßen mittlerweile neben den Trümmern und warteten auf die Polizei, nach der zu telefonieren wir unseren entführten Fahrer geschickt hatten.

»Er mußte es sein«, sagte ich, »wenn man sich alles recht überlegt. Komisch, daß wir nicht schon früher drauf gekommen sind! Alles, was uns über Thornburgh erzählt wurde, hörte sich ziemlich verdächtig an. Der Bart und der unbekannte Beruf, immer makellos sauber und arbeitete an einer mysteriösen Erfindung, sehr verschlossen und in San Francisco geboren – wo durch die große Feuersbrunst alle alten Akten vernichtet worden waren –, halt die Sorte Schwindel, die man sich ganz einfach ausdenken kann.

Und dann Henderson. Sie hatten mir erzählt, er sei irgendwann in diesem Frühsommer nach Sacramento gekommen – und die Angaben, die Sie heute abend bekommen haben, zeigen, daß er erst herkam, *nachdem* Thornburgh das Haus gekauft hatte. Okay! Jetzt vergleichen Sie Henderson mit den Beschreibungen von Thornburgh.

Beide sind von etwa gleicher Größe und gleichem Alter und haben dieselbe Haarfarbe. Bei den Unterschieden handelt es sich sämtlich um Dinge, die manipuliert werden können – Kleidung, eine leichte Sonnenbräune, ein Monatsbart und ein bißchen Schauspielerei erfüllen ihren Zweck. Als ich heute abend in Tavender war, habe ich mir den letzten Stapel Wäsche angesehen – und darin war nichts, was nicht den Coons gehörte! Und keine von den zurückliegenden Rechnungen war hoch genug, als daß Thornburgh mit seinen Sachen wirklich so etepetete hätte gewesen sein können, wie man uns weismachen wollte.«

»Es muß phantastisch sein, Detektiv zu sein!« grinste McClump, als die Polizeiambulanz kam und Polizisten auszuspucken begann. »Ich nehme an, jemand hat Henderson den Wink gegeben, daß ich mich heute abend nach ihm erkundigt habe.« Und dann voll Bedauern: »Und jetzt werden wir diese Leute doch nicht wegen Mordes an den Galgen bringen!«

»Nein, aber es sollte uns nicht schwerfallen, sie der schweren Brandstiftung und des gemeinschaftlichen versuchten Betruges zu überführen sowie aller anderen Verbrechen, auf die der Anklagevertreter sonst noch kommt.«

(erstmals in: »The Black Mask«, Okt. 1923, unter dem Pseudonym Peter Collinson)

Urlaub

Paul verließ die Poststelle, in der Hand seinen monatlichen Scheck von der Unfallversicherung in dem unverwechselbaren schmalen, gelben Umschlag mit der höhnisch-unverschämten Anweisung an die Postbeamten, sollte der Adressat inzwischen verstorben sein... und eilte durch den hölzernen Wandelgang zurück zu seiner Station, wo er unbedingt den diensttuenden Arzt abfangen wollte, ehe der für den Morgen verschwand. Der Stationsarzt, ein auf grazile Weise rundlicher Mann in Khaki mit einem unablässig gespitzten Mund, vielleicht wegen dessen Angewohnheit, immer dann ein sanftes, langgezogenes »Oh« zu formen, wenn er, was nicht selten geschah, nicht die genauen Worte finden konnte, verließ gerade sein Büro.

»Ich würde gern heute nachmittag in die Stadt fahren«, sagte Paul.

Der Arzt ging zurück an seinen Schreibtisch und griff nach einem Block Passierscheinformulare. Das war reine Routinesache, passende Worte fanden sich mühelos. »Hatten Sie diese Woche schon Ausgang?«

»Nein, Sir.«

Die Feder des Arztes kratzte über das Papier, und Paul ging davon und wedelte – damit die Tinte trocknete, denn nie war dort ein Löscher zur Hand – mit dem Zettel herum, der es Hetherwick, Paul gestattete, das Krankenhaus Nr. 64 des öffentlichen Gesundheitsdienstes der Vereinigten Staaten von 11 Uhr vormittags bis 11 Uhr abends zu einer Fahrt nach San Diego zu verlassen. In der Stadt ging er als erstes zur Bank und tauschte den Scheck in acht Zehndollarscheine um. Dann füllte er seine Taschen mit Zigaretten und Zigarren und kaufte sich ein Rennprogramm, das er sorgfältig studierte, während er Mittag aß.

In der letzten Reihe eines Busses sitzend, fuhr er nach Tijuana, zwischen einen Tipgeber mit scharfgeschnittenem Gesicht, der den ganzen Weg über unablässig Gummi kaute, und eine dicke, schwitzende, allzu rosa und blond gefärbte Frau gepfercht, die einen großen, weichen Hut trug. Gleich hinter National City drang für einen kurzen Moment der würzige Duft von Zitrusfrüchten in den Wagen. Den Rest der Fahrt waren seine Nasenlöcher damit beschäftigt, die Gerüche von Pfefferminz, einem schweren, nach Erdbeeren riechenden Parfüm der Frau neben ihm, verbranntem Dieselöl und dem heißen Staub auseinanderzuhalten, der ihm Kehle und Lunge ausdörrte und ihn immer wieder zum Husten brachte.

An der Rennbahn angekommen, eilte er durchs Tor und gelangte gerade noch rechtzeitig zum Buchmacherplatz, um seine Wetten für das erste Rennen zu plazieren: fünf Dollar auf Sieg von »Step At a Time« und fünf auf Platz. Er beobachtete das Rennen von der Barriere vor dem Sattelplatz aus und lehnte sich weit vor, um kurzsichtig zu den Pferden hinüberzustarren. »Step At a Time« siegte mühelos, und an den Auszahlhäuschen erhielt Paul für seine beiden bunten Wettscheine sechsunddreißig Dollar und ein bißchen Silber.

An der Haupttribünenbar trank er ein Glas Whiskey, dann wettete er, nachdem er die Bleistiftnotizen auf seinem Programm zu Rate gezogen hatte, zehn Dollar auf Sieg von »Beauvis« im zweiten Rennen. »Beauvis« kam als Zweiter durchs Ziel. Paul war nicht enttäuscht, schließlich war er ja ganz schön dicht drangewesen. Sein Favorit im dritten Rennen endete sehr weit abgeschlagen. Er gewann paarundzwanzig Dollar im vierten, gewann noch einmal im fünften, riskierte etwas im sechsten und verlor. Zwischen den Rennen trank er Whiskey an der Haupttribünenbar.

Er hatte noch vierzehn Dollar in der Tasche, als er die Rennbahn verließ. Das »Casino« war zu; er stieg in einen staubigen Kleinbus und wurde zur Old Town gefahren.

Er spazierte die dreckige Straße hinunter, eine Straße, die keine Laune ästhetischer Jasagerei jemals schöner machen konnte, und betrat ganz hinten auf der linken Seite eine Kneipe, in der er noch nie gewesen war. Eine große, muskelbepackte Frau – sie könnte mit Leichtigkeit, überlegte er, eine Blutsverwandte der Frau aus dem Omnibus sein – unterbrach sich in dem Lied, das sie zur nahezu leeren Bar herübergebrüllt hatte, schob einen mächtigen Arm unter seinen und sagte: »Komm mit rüber und setz dich zu mir, Schätzchen.«

Er ließ sich in eine Nische führen – wobei er ein perverses Vergnügen an ihrer unverblümten Grobheit spürte –, wo sie sich niederließ und schwer gegen ihn lehnte, eine Hand auf seinem Knie. Er fragte sich, wie es wohl wäre, in den Armen eines solchen Monsters zu liegen: über das beste Alter hinaus, stiernackig, grotesk angemalt, offenkundig ohne jeden Sex.

»Du bleibst bei mir, Liebling«, sagte sie, und die Worte kullerten mit einer mechanischen Geläufigkeit und ohne jeden Versuch, leichtfertig zu klingen, aus ihr heraus, was ihre allzu häufige Benutzung belegte, »und ich behandel dich richtig. Du bist hier sehr viel besser aufgehoben, als wenn du mit einer von diesen Schlampen auf der Straße herummachst.«

Er lächelte und nickte höflich. Eine Unternutte, entschied er, die mit ihrem monströsen Körper falsche Versprechungen erweckt, um, wofür sie engagiert ist, den Schnapsumsatz in Schwung zu bringen – ein Paradox, vielleicht eine Art Karikatur auf ein vertrauteres weibliches Verhalten. Vom Schnaps, den er getrunken hatte, war er angenehm beduselt, war sein zu keiner Zeit scharfer Blick noch umnebelter – auch wenn seine Augen heller als sonst leuchteten –, war sein Reden gedämpft. Er bestellte noch ein paar Drinks, und ihn amüsierte der Eifer, mit dem sie den Kellner beobachtete und sich vergewisserte, daß sie auch ja für jede Getränkebestellung ihre metallenen Marken erhielt, wonach ihre Provision berechnet wurde, und die nackte Gier, mit der sie einsteckte, ganz gleich, was der Kellner an Wechselgeld auf den Tisch legte.

Er fragte sich nach einer Weile, wieviel Geld er wohl noch habe; viel konnte es nicht sein, und von diesem gewaltigen Reichtum mußte er noch genug übrigbehalten, um im »Palace« dem Mädchen mit den verblüffend roten Haaren ein, zwei Drinks spendieren zu können. Er gab dem Ober einen Wink zu verschwinden.

»Ich bin pleite«, sagte er zu der Frau. »Sie haben mich beim Pferderennen ausgenommen.«

»Pech«, sagte sie und begann unruhig zu werden.

»Zisch ab und laß mich mein Glas austrinken«, schlug er vor. Sie wurde zutraulich.

»Würde ich ja, aber wenn wir Mädels mal mit einem Mann zu trinken angefangen haben, will der Chef auch, daß wir bei ihm bleiben, bis er geht.«

Er kicherte voll freudiger Anerkennung, nannte das eine raffinierte Anordnung und kam nur ein ganz klein wenig unsicher auf die Beine. Sie ging mit ihm an die Tür. »Vergiß nicht, mich nächstens wieder mal zu besuchen.« Was ihn von neuem kichern ließ, und dann empfand er eine vage Scham: nicht darüber, daß er seine letzten paar Dollar für sie verplempert hatte, sondern daß er sie hatte glauben lassen, er sei so leicht reinzulegen.

»Du hast 'n völlig falsches Bild von mir«, versicherte er ihr ernsthaft. »Ich hab nichts dagegen, mich von dir um 'n Zehner oder so behumpsen zu lassen, wenn's alles ist, was ich habe. 'n Zehner is so oder so nich viel Geld. Aber glaub ja nich, ich komm mit 'ner Masse Geld hierher und laß dich –« Plötzlich sah er sich, wie er in der Tür stand und sich für diese Ungeheuerlichkeit zu rechtfertigen versuchte. Er unterbrach sich mit einem Lachen und ging davon.

Das Mädchen mit den roten Haaren tanzte gerade mit einem fetten jungen Burschen in einem Tweedanzug zum Gedudel einer wilden Drei-Mann-Band, als Paul ins »Palace« kam. Er wartete, während er einen Drink für sich selbst und einen für das Mädchen in schmutzigbrauner Seide bestellte, das sich neben ihn gestellt hatte und in einem fort sagte: »Es ist zu schön, um wahr zu sein! Ich bin jetzt schon eine Woche hier und kann's immer noch nicht glauben. Stell dir das alles bloß mal vor!« Ihr Arm schloß all die Flaschen ein, hinter denen eine ganze Wand verschwand.

Der fette Bursche in seinem Tweedanzug schwirrte wenig später ab, und das Mädchen mit den roten Haaren sah Paul, wartete auf sein Nicken und kam zu ihm.

»Hallo.«

»Hallo.«

Sie tranken, und er machte eine Kopfbewegung zum Wechselgeld hinüber, das der Barmann vor ihn hingelegt hatte. Sie nahm es mit einem gleichgültigen Dankeschön.

»Wie geht das Geschäft?« fragte er.

»Ziemlich ruhig. Und bei dir?«

»Nicht so gut«, beklagte er sich fröhlich. »Die Rennbahn hat mich ums meiste gebracht, was ich heute nachmittag hatte.«

Sie lächelte mitfühlend, und sie standen da, tranken langsam und lächelten ab und zu mit einem gewissen unzweideutigen Vergnügen jeder dem anderen ins Gesicht. Der Lärm in dem Lokal, seine grelle Protzigkeit wurden gedämpft, ja fast von Paul abgeschottet durch den rosigen Alkoholnebel, durch den er die Welt wahrnahm. Aber Gesicht, Haar und Figur des Mädchens sah er recht klar.

Eine seltsame Zuneigung erfüllte ihn für sie, eine Zuneigung, die, obgleich sie ganz persönlich war, nichts mit Begehren zu tun hatte. So betrunken er zweifellos war, begehrte er sie nicht körperlich. Trotz all ihrer Schönheit und Verlockung für sein Herz, war sie ein Mädchen, das in einer Grenzstadt »Drinks schnorrte«. Daß sie vielleicht Jungfrau war – es war nichts Unmögliches an dieser unwahrscheinlichen Hypothese: ihr Beruf schloß das nicht aus, ja zwang sie vielmehr zu Enthaltsamkeit während der Arbeitszeit –, änderte nichts an der Sache. Es war auch nicht so, daß sie durch das Betatschen fremder Hände besudelt worden wäre – sie besaß eine Natürlichkeit, die all dem widerstanden hatte –, vielmehr ließen die Begierden der allzu vielen Männer sie auf irgendwie obskure Art und Weise nicht mehr begehrenswert erscheinen. Falls er sich jemals mit einer Frau aus dieser besonders schmutzigen Welt einließe, dann wäre es irgend so ein Monster wie die am anderen Ende der Straße. Ein bestimmtes Naturell vorausgesetzt, würde er eine wilde, makabre Freude dabei empfinden.

Er gab dem Barmann wieder ein Zeichen. Sie leerten ihre Gläser, und er sagte zu ihr: »Na, ich werd mich mal auf den Weg machen. Ich hab grad noch soviel Geld für 'ne Mahlzeit übrig.«

»Willst du nicht mit mir tanzen, ehe du gehst?«

»Nein«, sagte er, wobei ihn ein warmes Gefühl der Selbstverleugnung durchströmte, »geh und schnapp dir 'n flotten, spendablen Kerl.«

»Mir ist es egal, ob du Geld hast oder nicht«, sagte sie ernst. Und dann: »Ich leihe dir –«

Kopfschüttelnd wandte er sich von ihr weg. »Bis dann!«

Als er am Ende der Bar vorbeikam, wo das Mädchen in dem schmutzigbraunen Seidenkleid mit zwei Männern stand und trank, rief es ihm zu: »Ist zu schön, um wahr zu sein!« Er lächelte höfliche Zustimmung und trat auf die Straße.

Er blieb einen Augenblick neben der Tür stehen, lehnte sich gegen die Wand, betrachtete die verschwommenen Gestalten um sich herum – Soldaten aus San Diego in den Uniformen der drei Waffengattungen, Touristen, Diebe, Leute, die sich jeder Zuordnung entzogen, die Mexikaner (allesamt Hilfspolizisten, hieß es gerüchtweise), die an der Bordsteinkante standen, die Hunde –, und er empfand einen düsteren Abscheu vor der geschmacklosen Grellheit dieser Gegend, die, dachte er, ganz einfach ein fröhlicher Spielplatz sein könnte.

Von der Tür der Kneipe her, die er eben verlassen hatte, sagte ein blasses Mädchen teilnahmslos: »Komm rein und fühl dich glücklich.«

Er hob den Arm zu einer skeptischen Bewegung. »Sieh dir die da an«, befahl er traurig, »eine Horde von –« Er schob die Hände in seine Hosentaschen und marschierte grinsend die Straße hinunter. Er würde sich obendrein noch verdammt lächerlich machen!

Ein Gestell mit Ansichtskarten im Fenster eines Raritätenladens zog seinen Blick auf sich. Er ging hinein und kaufte ein halbes Dutzend. Fünf davon schickte er an Freunde in Philadelphia und New York. Über die sechste dachte er eine Weile nach: ihm fielen scharenweise Leute ein, an die er sie hätte schicken können, aber er konnte sich an ihre Adressen nicht erinnern. Schließlich schickte er sie an einen entfernten Bekannten, den er vor dem Krieg das letzte Mal gesehen hatte, dessen Adresse ihm jedoch noch in Erinnerung war, denn sie lautete: Fourth Avenue 444. Er schrieb mit Bleistift denselben Text auf alle sechs Karten: »Ich höre, in den Staaten ist die Trockenheit ausgebrochen.«

Als er wieder auf der Straße stand, durchwühlte er seine Taschen und zählte sein restliches Geld: fünfundachtzig Cents in Silber und zwei Rückfahrkarten: eine von Tijuana nach San Diego und die zweite von dort zum Krankenhaus.

Eine heisere Stimme jammerte neben ihm: »Sag mal, Kumpel, kannste mir nich das Geld für 'ne Tasse Kaffee geben?«

Paul lachte. »Halbe-halbe«, rief er. »Ich hab fünfundachtzig Cents. Du kriegst vierzig, und um den Nickel knobeln wir.« Er warf eine Münze in die Luft und stellte voll Freude fest, daß er gewonnen hatte. Am Eingang einer Gasse auf der anderen Straßenseite füllte sich ein Bus nach San Diego. Er ging hinüber und setzte sich neben den Fahrer. Er ließ sich in den Sitz plumpsen und döste die Fahrt zurück in die Stadt vor sich hin, während hinter ihm ein Mädchen mit einem noch unentwickelten Körper und einem allzu fein gezeichneten Gesicht mit dünner, klagender Stimme einen Schlager sang.

An der Endstation stieg Paul aus dem Bus, lief an der einen Seite der Plaza zum Broadway hoch und nahm Kurs auf eine Imbißstube, wo er für seine fünfundvierzig Cents schon irgendein Essen bekommen würde. Als er am Eingang des Grant Hotels vorbeikam, fand er sich plötzlich mitten in einer Menschentraube wieder und blickte in das schönste Gesicht, das er je gesehen hatte. Er wußte gar nicht, daß er es anstarrte, bis der Begleiter des schönen Gesichts in der Uniform eines Marineunteroffiziers ihm mit eigentümlich drohender Betonung zuflüsterte: »Gefällt sie dir?«

Paul ging langsam weiter die Straße hinunter, während er sich die Frage durch den Kopf gehen ließ und überlegte, was wohl in einem Mann vorging, der unter diesen Bedingungen in genau diesem Ton diese Frage stellte. Er überlegte, ob er nicht umkehren, die beiden suchen und die Frau noch einmal anstarren sollte, um herauszufinden, was der Unteroffizier diesmal sagen würde. Aber als er sich umdrehte, sah er sie nicht mehr, und so marschierte er weiter zu der Imbißstube.

Als er gegessen hatte, kramte er eine Zigarre aus der Tasche und rauchte sie auf der Fahrt zurück ins Krankenhaus. Die nebelerfüllte Luft, die in den Bus gefegt kam, ließ ihn frösteln und brachte ihn fast ununterbrochen zum Husten. Er wünschte, er hätte einen Mantel mitgenommen.

(erstmals in: »The New Pearsons«, Juli 1923)

Der Mann, der im Weg stand

Der Senator biß sich unentwegt auf die Lippen, als quälten ihn Probleme von unüberwindlicher Schwierigkeit. Er war ein stattlicher Mann, der den Eindruck von Macht vermittelte. Der geräumige Ledersessel, in dem er saß, schien für sein Gewicht kaum auszureichen: feiste Schultern und Arme ragten über die Seiten und schienen über sie hinwegfließen zu wollen.

Auch der Kopf des Senators unter der drahtigen, eisengrauen Mähne war stattlich, und seine Gesichtszüge waren großflächig, schroff und von Falten durchzogen, die auf Energie schließen ließen.

Als er sich wenig später erhob und die Bibliothek durchschritt, um für seinen Gast Whiskey und Zigarren zu holen, schienen Wände und Decke des riesigen Raumes jäh zu schrumpfen; und der gebohnerte Fußboden drohte jeden Augenblick unter dem Schritt seiner schweren Füße zu knarren, obwohl er viel zu vornehm war – wie es sich für einen Fußboden in einem Haus am Dupon Circle geziemte –, um wirklich jemals zu knarren. Der verlassene Sessel klaffte weit und schien, als die große gepolsterte Höhle, die er im Grunde war, seine ganze Würde zu verlieren, sobald der Senator sich wieder hineinsinken ließ.

Auffallend anders als der Senator war der Mann, der steif und aufrecht auf der Kante eines der unbequemsten Stühle im Zimmer saß und der, die Verlockung der Importzigarren ignorierend, die sein Gastgeber neben ihn gestellt hatte, mit Hilfe seines schwieligen Daumens grob geschnittenen, schwarzen Tabak in eine gelbgraue Maiskolbenpfeife stopfte.

Er sah wie fünfundsechzig aus, mochte allerdings auch zehn Jahre jünger sein, auf jeden Fall hatten die Jahre das ihre getan, ihn auszudörren, statt reifen zu lassen. Sein ungepflegtes Haar, soweit es überlebt hatte, war von einem schmutzigen Gelbweiß, das in seiner Jugend wahrscheinlich einmal braun gewesen war; ein Schnurrbart derselben Farbe, außer dort, wo der Tabak ihm einen satteren Ton verliehen hatte, wucherte unregelmäßig über welken Lippen. Seine Stirn war niedrig, schmal und von fast reptilhafter Plattheit; seine Nase, lang und spitz, senkte sich unter matten, glanzlosen Augen von bleicher, unbestimmbarer Farbe schlaff abwärts; sein Kinn ließ sich ehrlicherweise nur fliehend nennen.

In seinen dicksohligen Stiefeln hätte er, wäre er aufgestanden, weniger als fünfeinhalb Fuß gemessen – also nur ein bißchen mehr als die

Schulterhöhe des Senators –, und der Balken einer Waage, auf hundertfünf Pfund eingestellt, wäre von seinem Gewicht unbeeindruckt geblieben. Er trug einen ausgebeulten, einst tabakfarbenen Anzug, und ein weicher, schwarzer Hut lag auf dem Boden neben seinem Stuhl.

Als die Pfeife gestopft war, drehte er sich zum Tisch um, goß sich ein Glas aus der Flasche ein und kippte es hinunter, ohne sich zu schütteln oder die Genießergrimasse aufzusetzen, die normalerweise das Trinken von unverdünntem Whiskey begleitet. Die Streichhölzer im Ständer neben sich keines Blickes würdigend, kramte er dann in den Taschen seiner Weste herum, förderte ein Zündholz mit dem damals üblichen braunen Kopf ans Licht, die man heutzutage so selten sieht, riß es an seiner Stiefelsohle an, daß die Funken sprühten, und entzündete seine Pfeife.

Sein Blick verweilte nie auch nur für einen Augenblick auf einem der Möbelstücke in dem luxuriös ausgestatteten Zimmer; er schweifte vom Senator zur Pfeife, zum Hut am Boden und wieder zurück zum Senator. An den Luxus offensichtlich nicht gewöhnt, der ihn umgab, fühlte sich der kleine Mann unbehaglich, nicht heimisch; sein Verhalten war dennoch alles andere als scheu – vielmehr schien er das genießerische Ambiente zu mißbilligen und es mißbilligend vollkommen zu ignorieren.

Der Senator kaute an einer Zigarre, den mürrischen Blick auf seine Füße gerichtet, und sprach. Er galt in politischen Kreisen als zurückhaltender Mann, der sich knapp und bestimmt, mit Worten sehr sparsam ausdrückte. Aber die Unterhaltung, die er jetzt führte, widersprach diesem Ruf.

Er redete unzusammenhängend, ließ seine Sätze halbfertig in der Luft hängen und setzte an die Stelle logischer Schlüsse Belanglosigkeiten oder überhaupt nichts. Der kleine Mann antwortete ab und zu, monoton und einsilbig, mit einer dürren, schrillen Stimme; er blieb von den Worten seines Gastgebers sichtlich unbeeindruckt. Es war klar, daß der Senator nicht nach ihm geschickt hatte, um über die Getreideernte und die politische Lage in Sudlow County zu sprechen.

Der Senator verschwendete eine Dreiviertelstunde auf sein nervöses Herumgerede. Dann warf er seine kalte Zigarre in den Kamin und rutschte mit seinem Sessel bis auf einen Fuß an den Stuhl seines Gastes heran. Er beugte sich vor, und die Falten zwischen seinen Augenbrauen vertieften sich.

»Aber wegen alldem wollte ich dich nicht sprechen, Inch«, sagte er, und obwohl er fast flüsterte, war seine Stimme doch eindrucksvoll. »Ich bin in Schwierigkeiten. Ich brauche Hilfe.«

Gene Inch nickte leicht mit dem Kopf.

»Kann ich auf dich zählen?« Und dann, als das bedeutungslose Nicken sich wiederholte: »Du weißt ja, ich habe Tom begnadigt, als ich Gouverneur war.«

Es war freilich nur zu wahr, daß der Anstoß zu diesem Gnadenakt politisches Kalkül gewesen war, doch was machte das schon? Er hatte Tom Inch begnadigt.

Gene Inch nahm die Pfeife aus dem Mund und sagte: »Yeah, ich weiß, Sie haben Tom begnadigt. Sie brauchen einen Inch nicht an seine Schulden zu erinnern.«

»Du wirst mir also helfen?«

»Hm-hm. Wen soll ich für Sie töten?«

Der Senator zitterte.

»Töten?« wiederholte er mit Entsetzen in der Stimme. »Töten?«

Inch entblößte seine fleckigen Zahnstümpfe zu einem boshaften Grinsen.

»Ich hoffe, es ist nicht noch was Übleres«, sagte er. »Aber Sie werden mir schon sagen, was Sache ist.«

Der Senator legte dem anderen seine zitternde Hand auf das knochige Knie.

»Ich werde erpreßt. Das geht nun schon seit Jahren so, seit ich in Sudlow County bin. All die Jahre, die ich im Landesparlament saß, als ich Gouverneur war, und solange ich nun Senator bin, habe ich gezahlt – jedes Jahr mehr und mehr gezahlt. Aber jetzt – jetzt muß ich dem ein Ende bereiten. Inch, ich habe mir viele Freunde gemacht, seit ich hier in Washington bin, und sie sprechen davon, mich als Präsidentschaftskandidaten aufzustellen. Aber ich kann nicht weitermachen, wenn ich diesen Erpresser nicht loswerde. Ich *muß* ihn loswerden, oder mit mir ist es aus! Je prominenter ich werde, desto unverschämter wird er – es stärkt ihm die Hand nur um so mehr –, und wenn ich zum Präsidenten dieses Landes gewählt werde sollte ... Ich kann nicht einmal wagen, den Versuch dazu zu machen, es sei denn, ich schaffe ihn mir vom Hals!«

Inchs Gesicht hatte sich nicht erhellt, weder als der Senator von dem Erpresser, noch als er von seinen Hoffnungen aufs Präsidentenamt erzählte; seine Augen blieben ohne jedes Feuer, wie immer.

»Wo finde ich diesen Kerl?« fragte er lakonisch.

»Warte, Gene«, sagte der Senator. »Wir müssen vorsichtig sein. Es darf keinen Klatsch geben, oder meine Lage wird noch schlechter, als sie schon ist. Ich möchte, daß du die Sache erledigst, damit er mich nicht mehr stört, aber ich möchte nicht, daß etwas unternommen wird, was mir noch ärgere Schwierigkeiten verschafft.«

Inch ließ durch die Art, wie er die Lippen

hochzog, eine Spur seiner Verachtung für diese Pingeligkeiten erkennen und sagte dann:

»Na schön, ich schätze, da erzählen Sie mir besser mehr über die Geschichte.«

Die Augen des Senators verengten sich. Er sprach laut, doch mehr zu sich selbst als zu seinem Gast:

»Ich habe Tom, deinen Jungen, begnadigt, als er wegen Mordes an Dick Haney ›lebenslänglich‹ bekommen hatte... In Ordnung!

Ich bin vor fast zwanzig Jahren nach Sudlow County gekommen, weißt du noch? Tja, ich kam her, nachdem ich aus dem kalifornischen Staatsgefängnis in San Quentin ausgebrochen war. In Oakland war ich eines Nachts in eine Schlägerei geraten und hatte einen Mann getötet. Ich war unbekannt in Oakland und nannte einen falschen Namen, als ich verhaftet wurde. Meinen richtigen nahm ich erst wieder nach dem Ausbruch an – ich weiß von niemandem sonst, der es da raus geschafft hat. Ich wurde zu dreißig Jahren verurteilt, aber nach anderthalb Jahren bin ich auf und davon. Dann, ungefähr zwei Jahre nachdem ich mich in Sudlow County niedergelassen hatte, erkannte mich ein Mann wieder, der mit mir in San Quentin war. Frank McPhail hieß er damals, aber jetzt nennt er sich Henry Bush. Ich habe ihm seitdem jeden Cent gezahlt, den ich zusammenkratzen konnte.«

Inch drehte nachdenklich am Ende seiner langen Nase.

»Irgendeine Möglichkeit, dagegen anzugehen? Ich meine, kann er was beweisen?«

»Die Fingerabdrücke – die sind immer noch bei den Akten in San Quentin.«

»Meinen Sie, es hat noch jemand außer Bush Wind von der Sache gekriegt?«

Der Senator schüttelte den Kopf.

»Ich bin ziemlich sicher, daß er's niemandem erzählt hat« – bitter – »sonst hätte ich auch von denen gehört.«

»Wo wohnt dieser Bush? Und wie sieht er aus?«

»Warte, Gene!« flehte der Senator. »Du kannst nicht einfach hingehen und ihn erschießen. Er ist hier in Washington sehr bekannt, und man weiß, daß er ein Freund von mir ist – er hat laut genug mit unserer Freundschaft herumgeprahlt! Egal, wie vorsichtig du bist, wenn du ihn umbringst, würde irgend etwas durchsikkern, und ich wäre schlimmer dran als jetzt. Und außerdem kann ich Morde nicht ausstehen!«

Inch kniff sich wieder nachdenklich in seine Nase und heftete seine glanzlosen Augen auf den schmutzigen Kopf seiner Pfeife.

»Welches ist die nächste große Stadt von hier?« fragte er.

»Bis Baltimore sind es nur vierzig Meilen.«

»Meinen Sie, daß man diesen Bush in Baltimore gut kennt?«

»Das glaube ich nicht. Warum?«

Inch steckte die Pfeife in seine Tasche und hob seinen Hut auf.

»Wir sehen uns morgen«, sagte er.

Am folgenden Nachmittag besuchte Gene Inch den Senator von neuem. Er blieb nur ein paar Minuten und sprach mit ihm in der Eingangshalle.

»Sie sagen diesem Bush, Sie möchten, daß er Sie morgen in Baltimore aufsucht, daß Sie ihn zwischen zehn und elf Uhr abends in Zimmer 411 im Strand Hotel erwarten, daß er direkt rauf ins Zimmer kommen und nicht an der Rezeption nach Ihnen fragen soll, weil Sie nicht unter Ihrem richtigen Namen eingetragen sein werden. Meinen Sie, er wird das schlucken?«

»Ich denke schon«, sagte der Senator zögernd, »aber er wird mißtrauisch sein, wenn er kommt, und mit Scherereien rechnen. Was willst du machen, Gene? Du wirst doch nicht etwa –«

»Lassen Sie mich nur machen«, nörgelte Inch. »Ich bring die Sache in Ordnung. Tun Sie, was ich Ihnen gesagt habe. Es ist mir gleich, was er denkt oder wie mißtrauisch er ist, schaffen Sie ihn mir dorthin, und ich befreie Sie von Ihren Schwierigkeiten.«

Die muskulöse Hand des Senators zitterte,

als er seinem Besucher die Tür öffnete; die hagere Hand, mit der Inch sich den schwarzen Hut auf den Kopf stülpte, war so wenig aus der Ruhe zu bringen wie ein Findling in Sudlow County.

Durch die Scheibe über der Tür fiel schwaches Licht aus dem Gang ins Zimmer 411; durch das geschlossene Fenster drang zusätzlich ein matter Lichtschein von den Straßenlaternen herein; beides verwandelte die Dunkelheit im Zimmer in ein künstliches, bläuliches Zwielicht.

Gene Inch saß auf einem Stuhl in einer Ecke nahe der Tür, das Gesicht auf sie gerichtet. Er trug ein Unterhemd und lange Unterhosen aus grobem, dickem Zeug, das sich in schlechtsitzenden Falten hier und da an seiner eckigen Figur bauschte. Zwischen den Zähnen klemmte der Stiel einer kalten Pfeife; ein ramponierter und abgeschabter, großkalibriger Revolver hing von einer Hand herab. Seine nackten Füße standen geduldig und entspannt auf dem mit Teppich ausgelegten Boden.

Eine Uhr schlug irgendwo zehn. Zwanzig Minuten vergingen. Dann bewegte sich die Klinke an der unverschlossenen Tür, die Tür ging auf, und eine untersetzte Gestalt stand in der Öffnung. Eine schwarze Automatikpistole, hoch gegen die Brust der Gestalt gezogen, zeigte ins Zimmer.

Die Mündung von Inchs Revolver glitt vor

und stupste den untersetzten Mann in die Seite. Dessen Muskeln zuckten zusammen, aber seine Füße bewegten sich nicht. Langsam öffnete sich seine rechte Hand, und die Automatik plumpste dumpf auf den Boden.

Inch trat zurück und sagte: »Komm rein und mach die Tür hinter dir zu.«

Dann winkte er seinen Gefangenen zu einem Stuhl hinüber und setzte sich selbst aufs Bett.

»Du bist Bush, nehme ich an.«

»Ja, und falls du meinst –«

»Halt den Mund und hör mir zu!«

Bush fügte sich der Drohung, die in der schrillen Stimme dieses merkwürdigen, in so lächerlichen Kleidern steckenden kleinen Kerls lag, der da im Dämmerlicht über den Lauf der gewaltigen Pistole hinweg böse zu ihm hinüberblinzelte.

»Zieh dein Jackett aus.«

Bush gehorchte.

»Wirf es aufs Fußende vom Bett.«

Bush zögerte. Vielleicht war es möglich, dem Alten das Jackett über den Kopf zu werfen und sich auf ihn zu stürzen. Aber da sich seine Augen mittlerweile an das schwache Licht gewöhnt hatten, sah er, daß der schrumpelige Finger den Abzug gegen den Griff gepreßt hielt – der gespannte Hahn wurde lediglich durch den Druck des Daumens zurückgehalten. Löste sich der Druck, würde der Hammer fallen. Gehorsam warf Bush das Jackett aufs Bett. Mit der Linken durchsuchte Inch die Taschen und förderte alles, was in ihnen war, ans Licht. Dann warf er das Jackett auf den Fußboden.

»Räum deine anderen Taschen aus.«

Bush entleerte die Taschen seiner Hose und seiner Weste: ein Messer, einige Schlüssel, ein paar Münzen, eine Rolle Papiergeld, eine Uhr, ein Taschentuch.

»Dein Anzug ist maßgeschneidert, hm?« fragte Inch. »Dann sollten eigentlich, genau wie im Jackett, Etiketten in der Hose und der Weste sein. Nimm das Messer und trenn sie alle raus. Gib mir deinen Hut.«

Während der verdutzte Erpresser, der immer noch nicht argwöhnte, was sein Häscher im Schilde führte, alle Kennzeichen aus seinen Kleidern entfernte, inspizierte Inch den Hut. Er trug keine Initialen.

»Zieh dein Jackett an und setz dir den Hut auf«, befahl er. »Steck dir die Sachen wieder in die Taschen, bis auf die Geldscheine und deine Uhr. Die Etiketten kannst du auf den Boden werfen. Und jetzt stell dich an die Wand.«

Inch hob die Rolle Papiergeld auf und steckte sie in die Tasche seiner Hose, die über der Rükkenlehne eines Stuhles hing. Die Uhr, die Kleideretiketten und die Dinge, die er aus Bushs Jackett genommen hatte, wickelte er in ein Taschentuch und steckte sie in seinen Koffer.

»Sag mal –«, begann Bush.

»Halt den Mund!« bellte Inch gereizt.

Dann sah sich der alte Mann sorgsam im Zimmer um und gluckste voll mürrischer Befriedigung in sich hinein. Er bewegte sich rückwärts zum Bett, schlug mit der freien Hand die Decken zurück und stieg hinein, während der Revolver drohend auf den anderen gerichtet blieb. Er zerrte, halb sitzend, halb gegen die Kissen gelehnt, die weißen Bettücher über seine Brust nach oben. Dann zog er den Revolver langsam zurück an seinen Körper. Die Mündung glitt unter den Rand der Decken und verschwand.

Bushs Mund hing schlaff herab, Verwirrung stand ihm deutlich ins Gesicht geschrieben. Als die Pistole unter den Decken verschwand, zogen sich seine Beinmuskeln zur ersten Bewegung eines Sprunges zusammen. Doch ehe er seine Knie noch zur zweiten Bewegung beugen konnte, erbebte das Zimmer von einer heftigen Explosion. Ein glimmendes Loch erschien auf der weißen Oberfläche des Überschlaglakens und wurde rasch größer. Bush stürzte zu Boden, und Blut sickerte aus einem Loch in seiner linken Brust. Im Zimmer stank es nach einer Mischung aus Schießpulver und brennendem Stoff.

Inch kletterte aus dem Bett, nahm eine Taschenlampe und eine selbstgemachte schwarze

Maske aus einer Kommodenschublade und ließ sie neben dem Toten auf den Boden fallen. Dann kickte er die Automatikpistole, die neben der Tür lag, hinüber zu einer der leblosen Hände.

Fünfzehn Minuten später untersuchten der Hoteldetektiv und ein Polizist die sterblichen Überreste Henry Bushs und hörten sich Gene Inchs Geschichte an, er sei früh schlafen gegangen, dann aber aufgewacht, und habe gesehen, wie sich ein Mann über den Stuhl beugte, auf dem seine Kleider hingen, er habe vorsichtig seinen Revolver unter dem Kissen hervorgezogen und, da er von dem Einbrecher dabei ertappt worden sei, durch die Bettdecke schießen müssen.

Der Detektiv und der Streifenpolizist beendeten ihre Untersuchung und berieten sich.

»Nichts, um ihn zu identifizieren.«

»Nein, nicht mal eine Uhr oder sonstwas, dem wir nachgehen könnten.«

»Zwecklos zu versuchen, die Herkunft der Pistole rauszufinden. Einbrecher verschaffen sie sich nicht auf die übliche Art und Weise.«

Der Polizist wandte sich an Inch.

»Kommen Sie morgen früh ins Präsidium – so um zehn.«

Und dann voll Bewunderung: »Den haben Sie aber sauber erwischt, wo Sie doch durch die Bettdecke schießen mußten.«

»Der Herr Senator ist nicht da«, sagte das Mädchen im Vorzimmer.

»Hör zu, Kleine, du sagst ihm, Gene Inch will ihn sprechen.«

»Aber er –«

»Lauf los und sag's ihm, Kleine.«

Der Senator kam an die Tür seines privaten Arbeitszimmers, um Inch zu empfangen und ihn hineinzuführen. Sein Gesicht war bleich, und er schien Schwierigkeiten mit der Atmung zu haben. Sein Blick, der Inchs begegnete, zeigte eine seltsame Mischung aus Furcht und Hoffnung.

Als sie allein waren, nickte Inch.

»Erledigt. Alles ist in Ordnung.«

»Und er –«

»In der Zeitung hat gestanden, ein nicht identifizierter Einbrecher wurde erschossen, als er versuchte, in einem Hotel in Baltimore einen Farmer zu berauben.«

Der Senator machte es sich mit einem Seufzen in einem Sessel bequem.

»Bist du sicher, Gene, daß es nicht noch eine Panne geben kann?«

Inch gluckste verächtlich.

»Gibt nichts, was noch passieren kann.«

Der Senator erhob sich und streckte seinem Retter beide Hände entgegen.

»Ich kann dir niemals vergelten, was du getan hast, Gene, aber ganz gleich –«

Inch drehte der Dankbarkeit des anderen seinen runden Rücken zu und ging zur Tür. Eine Hand an der Klinke, wandte er sich um, grinste den Senator feindselig an und sagte:

»Am Ersten jedes Monats erwarte ich einen Scheck, und ich hoffe, Sie werden Präsident – das wird mir viel bedeuten.«

Lange stand der Senator da und starrte dem kleinen Mann stumm in die matten, leblosen Augen. Dann begriff er allmählich. Die Knie gaben unter ihm nach, und er sackte in seinen Sessel.

»Aber Gene –«

»*Aber* zum Teufel«, fauchte Inch. »Am Ersten jedes Monats!«

(erstmals in: »The Black Mask«, Juni 1923, unter dem Pseudonym Peter Collinson und dem Titel »The Vicious Circle«)

Der Friseur und seine Frau

Jeden Morgen um halb acht klingelte der Wecker auf dem Nachttisch das Ehepaar Stemler aus dem Schlaf, damit es seine tägliche Komödie aufführen konnte – eine Komödie, die sich von einer Woche zur anderen nur in Nuancen unterschied.

Louis Stemler sprang, ohne den immer noch klingelnden Wecker zu beachten, aus dem Bett und trat ans offene Fenster, wo er unter allen Anzeichen genüßlichen Vergnügens tief ein- und ausatmete, wobei er seinen Brustkorb herausstreckte und brünstig die Arme reckte. Im Winter hatte er den größten Spaß daran und dehnte die Gymnastik vor dem offenen Fenster aus, bis sein Körper unter dem Pyjama eiskalt war. In der Küstenstadt, in der die Stemlers wohnten, waren die Morgenbrisen, ganz gleich zu welcher Jahreszeit, kühl genug, um Pearl diese Zurschaustellung robuster Männlichkeit reichlich irritierend finden zu lassen.

Unterdessen pflegte Pearl den Wecker auszuschalten und die Augen, als schlafe sie noch, wieder zu schließen. Louis war dann zwar so gut wie überzeugt, daß seine Frau wach war, aber ganz sicher konnte er sich nicht sein. Wenn er also ins Bad lief, um Wasser in die Wanne einzulassen, tat er das keineswegs leise.

Anschließend kam er wieder ins Schlafzimmer, um eine Reihe wohldurchdachter, komplizierter Übungen zu verrichten, wonach er ins Bad zurückkehrte, in die Wanne stieg und fröhlich herumplanschte – lange genug, um jeden Zuhörer zu überzeugen, daß ein kaltes Bad für ihn ein riesiges Vergnügen war. Schließlich rubbelte er sich mit einem kratzigen Handtuch ab und begann zu pfeifen, und immer war es ein Lied, das Erinnerungen an den Ersten Weltkrieg wachrief. Gerade heute war seine Wahl auf *Keep the Home Fires Burning* gefallen. Das war sein Lieblingslied, dem nur *Till We Meet Again* ab und zu den Rang streitig machte, obwohl er gelegentlich auch *Katy, What Are You Going to Do to Help the Boys* oder *How're You Going to Keep Them Down on the Farm* zum besten gab. Er pfiff leise und ausdruckslos und hielt mit den flotten Bewegungen des Handtuchs den Takt. An diesem Punkt gab Pearl normalerweise ihrer Gereiztheit so weit nach, daß sie sich auf die andere Seite drehte, und das Rascheln des Bettzeugs, das aus dem Schlafzimmer zu hören war, tönte angenehm in den Ohren ihres Gatten. Als sie sich an diesem Morgen umdrehte, seufzte sie leise, und Louis, dessen gespitzte Ohren das Geräusch vernahmen, spürte wohlige Befriedigung.

Trocken und frisch gerötet kam er zurück ins Schlafzimmer und begann sich anzuziehen, während er leise weiter vor sich hinpfiff und Pearl so wenig sichtbare Aufmerksamkeit schenkte wie sie ihm, obwohl beide auf jede sich zufällig bietende Gelegenheit lauerten, dem anderen eins auszuwischen. Lange Übung in dieser Art Kriegsführung hatte sie jedoch derartig trainiert, daß sich nur selten tatsächlich eine Gelegenheit bot. Pearl war bei diesem morgendlichen Kräftemessen insofern entschieden im Nachteil, als sie sich in der Defensive befand und ihre einzige Waffe die war, sich angesichts der Posen ihres Gatten schlafend zu stellen. Louis genoß, auch wenn er vom Verdruß seiner Frau einmal absah, jedes kleinste Detail seiner Rolle in diesem wortlosen Kampf: Die Möglichkeit, daß sie vielleicht wirklich schlief und der Darbietung seiner Männlichkeit nicht aufmerksam folgte, war nur ein leiser Dämpfer für sein Vergnügen.

Wenn Louis zu guter Letzt einen Fuß in seiner Hose hatte, stieg auch Pearl aus dem Bett und in ihren Kimono und die Pantoffeln, spritzte sich etwas warmes Wasser ins Gesicht und ging in die Küche, um das Frühstück zu machen. In dem folgenden Wettlauf vergaß sie ihr leichtes Kopfweh. Für sie war es Ehrensache, nie aufzustehen, bevor nicht ihr Mann seine Hose in der Hand hatte, und, kaum daß er fertig angezogen war, in der Küche das Frühstück auf dem Tisch zu haben. Dank der Sorgfalt, mit der er sich die Krawatte band, gelang ihr das normalerweise auch. Was Louis anstrebte, war natürlich, fertig angezogen und mit der Morgenzeitung in der Hand in der Küche zu erscheinen, ehe das Frühstück fertig war, und die Verspätung äußerst freundlich aufzunehmen. Einem neuen Hemd zuliebe – einem weißen Seidenhemd mit breiten kirschroten Streifen – begab er sich an diesem Morgen ohne Weste und Jackett in die Küche und erwischte Pearl dabei, wie sie gerade den Kaffee aufgoß.

»Frühstück fertig, Schatz?« fragte er.

»Es ist fertig, wenn du fertig angezogen bist«, machte seine Frau ihn auf das Abweichen von der geltenden Regel aufmerksam.

Und so waren an diesem Morgen die Punkte etwa gleich verteilt...

Während er aß und gelegentlich einen Blick auf seine kirschrot gestreiften Ärmel warf, las Louis den Sportteil. Daß sich der Streifen mit den karminroten Ärmelhaltern biß, belebte ihn. Er hatte eine Leidenschaft für Rot, und es war ein Zeichen für die Macht der Tabus, der er und seinesgleichen unterlagen, daß er nicht auch noch einen roten Schlips trug.

»Wie geht's dir heute morgen, Schatz?« fragte er, nachdem er gelesen hatte, was ein Reporter zum nächsten Kampf des Champions zu sagen hatte, und ehe er sich an die Lektüre der Berichte über die Baseballspiele des vorhergehenden Tages machte.

»Gut.«

Pearl wußte, wenn sie die Kopfschmerzen erwähnte, hieße das, ihn zu einer als Mitleid maskierten Bekundung seiner Überlegenheit und vielleicht auch zur Ermahnung, mehr Fleisch zu essen, aufzufordern, bestimmt aber dazu, sich mehr Bewegung zu schaffen; denn Louis, der keine einzige der Krankheiten durchgemacht hatte, die das Erbe allen Fleisches sind, war selbstverständlich der Meinung, daß, selbst wenn derartige Beschwerden wirklich so schmerzhaft waren, wie das Verhalten der Opfer es andeutete, sie durch richtige Vorsorge hätten vermieden werden können.

Nach dem Frühstück zündete Louis sich eine Zigarre an und wandte sich seiner zweiten Tasse Kaffee zu. Mit dem Anzünden der Zigarre belebte Pearl sich ein wenig. Aus Rücksicht auf seine Lungen rauchte Louis, ohne zu inhalieren. Pearl kam seine Angewohnheit, den Rauch in den Mund zu nehmen und wieder auszupusten, albern und kindisch vor. Ohne es in Worte zu kleiden, hatte Pearl diese Ansicht ihrem Gatten kundgetan, und jedesmal, wenn er zu Hause rauchte, beobachtete sie ihn mit einer schweigenden Gespanntheit, die von allen ihren Taktiken für ihn die allerlästigste war. Wenn es nicht bedeutet hätte, das Eingeständnis einer Niederlage zu signalisieren, hätte er das Rauchen zu Hause aufgegeben.

Nach der Lektüre des Sportteils – mit Ausnahme der Golf- und Tennisberichte – stand Louis vom Tisch auf, zog Weste und Jackett an, setzte sich den Hut auf, küßte seine Frau und machte sich mit selbstbewußt federndem Schritt auf den Weg zu seinem Geschäft. Morgens ging er immer zu Fuß in die Innenstadt, wobei er die zwanzig Blocks in zwanzig Minuten hinter sich brachte, eine Leistung, auf die er andeutungsweise zu sprechen kam, wann immer sich die Gelegenheit bot...

Louis betrat das Geschäft mit einem stolzen Gefühl, das durch sechsjährige Gewohnheit in keiner Weise schwächer geworden war. Für ihn war der Laden so herrlich, so schön, wie er am Eröffnungstag gewesen war. Die Reihe grünweißer Automatikstühle und die in weißen Jakken steckenden Friseure, die sich über die in Tücher gehüllten Kunden beugten; die mit Vorhängen zu verschließenden Kabinen im hinteren Teil mit den emsig tätigen Manikūren in ihren weißen Kitteln; der mit Illustrierten und Zeitungen beladene Tisch, die Kleiderständer, die Reihe weißlackierter Stühle, auf denen zu dieser Stunde kein wartender Kunde saß; die beiden schwarzen Schuhputzer in ihren weißen Jacketts; die Massen bunter Fläschchen, der

Duft von Wässerchen und Seifen und Dampf, und ringsherum der makellose Glanz von Kacheln, Porzellan, Lack und polierten Spiegeln. Louis blieb in der Tür stehen und schwelgte in alldem, während er den Gruß seiner Angestellten erwiderte. Alle waren sie nun schon über ein Jahr bei ihm, und sie nannten ihn »Lou« im genau richtigen Ton respektvoller Vertrautheit – ein Tribut an seine Position in ihrem Leben wie auch an seine Herzlichkeit.

Er durchquerte den Laden in seiner vollen Länge, wobei er und seine Friseure sich gegenseitig witzige Bemerkungen zuwarfen – er blieb einen Moment stehen, um mit George Fielding, Immobilien, zu sprechen, dessen rosa Gesicht zur Vorbereitung auf die zweiwöchentliche Massage mit Dampf behandelt wurde, dann reichte er Percy, einem seiner Schuhputzer, Jakkett und Hut und ließ sich zum Rasieren in Freddys Stuhl plumpsen. Um ihn herum erhob sich wohltuend der Duft von Lotionen und das Summen mechanischer Geräte. Gesundheit und all das hier... woher bezogen diese Pessimisten bloß ihr Material?

Das Telefon vorn im Laden klingelte, und Emil, der Cheffriseur, rief: »Ihr Bruder möchte Sie sprechen, Lou.«

»Sagen Sie ihm, ich werde gerade rasiert. Was will er denn?«

Emil sprach in den Apparat, dann: »Er möchte wissen, ob Sie irgendwann heute vormittag mal rüber in sein Büro kommen könnten.«

»Sagen Sie ihm, geht in Ordnung!«

»Wieder 'ne dicke Sache?« fragte Fielding.

»Sie würden staunen«, antwortete Louis, dem traditionellen Witz der Friseure verpflichtet.

Fred versetzte Louis' Gesicht mit einem mit Talkum bestäubten Tuch einen letzten leichten Schlag, Percy versetzte seinen glänzenden Schuhen einen letzten leichten Schlag, und der Ladenbesitzer erhob sich aus dem Stuhl, um die kirschroten Streifen von neuem in seinem Jakkett zu verstecken.

»Ich gehe rüber zu Ben«, sagte er zu Emil. »In 'ner Stunde etwa bin ich wieder da.«

Ben Stemler, der älteste von vier Brüdern, von denen Louis der dritte war, war ein rundlicher, blasser Mann – immer außer Atem, als sei er gerade eine lange Treppe hinaufgestiegen. Er war Bezirksvertreter eines New Yorker Fabrikanten und schrieb seinen bescheidenen Erfolg nach Jahren voller Anstrengungen seiner hartnäckigen Weigerung zu, Niederlagen zu akzeptieren. Wahrscheinlich aber war eine chronische Nierenentzündung, die ihn schon die ganzen letzten Jahre quälte, der wirkliche Grund für seinen größeren Wohlstand. Sie hatte sein Gesicht um die vorquellenden Fischaugen herum aufgebläht, ihr Vorstehen dadurch gemildert, gütige Schatten über ihre Fischigkeit geworfen und ihm so ein vertrauenswürdigeres Aussehen verliehen.

Ben diktierte seiner Stenotypistin eben keuchend einen Brief, als Louis das Büro betrat. »Ihre Bitte vom ... möchte sagen ... bedauern unser Unvermögen, Ihnen zu entsprechen ... so bald wie möglich.« Er nickte seinem Bruder zu und fuhr schnaufend fort: »Brief an Schneider ... vermögen nicht zu verstehen ... unser Mr. Rose ...«

Kaum war das Diktat an sein asthmatisches Ende gelangt, schickte er die Stenotypistin hinaus und wandte sich Louis zu.

»Wie geht's denn?« fragte Louis.

»Könnte schlimmer sein, Lou, aber mir geht's nicht allzu gut.«

»Das Schlimme ist, du machst dir keine Bewegung. Geh raus und lauf rum. Komm doch mal mit in die Sporthalle, nimm kalte Bäder.«

»Ich weiß, ich weiß«, sagte Ben matt. »Vielleicht hast du ja recht. Aber ich muß dir was erzählen, etwas, das du wissen solltest. Nur weiß ich nicht, wie ich – ich – das heißt –«

»Spuck's aus!« Louis lächelte. Wahrscheinlich war Ben in irgendwelche Schwierigkeiten geraten.

»Es geht um Pearl!« jetzt schnaufte Ben, als habe er eine ungewöhnlich steile Treppe hinter sich gebracht.

»Also?« Louis war in seinem Sessel steif geworden, doch das Lächeln lag noch auf seinem Gesicht. Er war nicht der Mann, der sich vom ersten Schlag umhauen ließ. Er hatte noch nie daran gedacht, daß Pearl ihm untreu sein könnte, aber kaum hatte Ben ihren Namen ausgesprochen, wußte er, worum es ging. Er wußte es, ohne daß Ben noch ein Wort sagte, alles erschien ihm dermaßen zwangsläufig, daß er sich fragte, warum ihm noch nie ein Verdacht gekommen war.

»Also?« fragte er noch einmal.

Außerstande, einen Weg zu finden, seinem Bruder die Neuigkeit schonend beizubringen, keuchte Ben sie eilig hervor, ängstlich bestrebt, sich die Sache vom Hals zu schaffen. »Ich habe sie vorgestern abend gesehen. Im Kino. Mit einem Mann. Norman Becker! Er arbeitet im Verkauf bei Litz & Aulitz. Sie fuhren zusammen weg. In seinem Wagen. Bertha war bei mir. Sie hat sie auch gesehen!«

Er schloß mit einem Seufzer der Erleichterung, nur das Keuchen hörte nicht auf.

»Vorgestern abend«, überlegte Louis. »Da war ich beim Boxen – Kid Breen schlug O'Toole in der zweiten Runde k. o. – und bin erst nach eins nach Hause gekommen.«

Von Bens Büro bis zu Louis nach Hause waren es vierundzwanzig Blocks. Mechanisch nahm er die Zeit und stellte fest, daß er einunddreißig

Minuten gebraucht hatte – ein Großteil der Strecke ging bergauf, dafür war es eine ziemlich gute Zeit. Louis hatte sich entschlossen, zu Fuß nach Hause zu gehen, weil er, wie er sich sagte, viel Zeit hatte, und nicht, weil er Zeit brauchte, um die Lage zu überdenken oder irgend so was. Es gab nichts zu überdenken. Es handelte sich um eine glasklare, mit Händen zu greifende Situation. Er hatte eine Frau. Ein anderer Mann hatte sein Eigentum verletzt oder es vielleicht auch nur versucht. Als vitalem Männlichkeitsfanatiker war ihm die Lösung klar. Für solche Situationen besaßen Männer Fäuste, Muskeln und Mut. Für solche unvorhergesehenen Ereignisse aßen Männer Fleisch, atmeten an offenen Fenstern, waren Mitglieder in Sportvereinen und ließen keinen Tabakrauch in ihre Lungen dringen. War das Ausmaß des Übergriffs ermittelt, würde der Rest einfach sein.

Pearl, die gerade einige Seidensachen bügelte, sah überrascht auf.

»Wo warst du vorgestern abend?« Seine Stimme war ruhig und fest.

»Im Kino.« Pearls Stimme klang zu gleichgültig. Gleichgültigkeit war nicht der Ton, den sie hätte wählen sollen – aber sie wußte ohnehin, was nun kam.

»Mit wem?«

Pearl erkannte, daß es nutzlos war, irgendwelche Tricks zu versuchen, und besann sich auf den Wunsch, dem anderen um jeden Preis eins auszuwischen – den Leitgedanken, der ihr Miteinander prägte, seit der erste Zauber des Ehelebens verwelkt war.

»Mit einem Mann! Ich hatte mich dort mit ihm verabredet. Ich habe mich auch schon anderswo mit ihm getroffen. Er möchte, daß ich mit ihm fortgehe. Er liest andere Dinge als nur den Sportteil. Er geht nicht zum Preisboxen. Er mag gern Filme. Er mag keine Tingeltangels. Er inhaliert den Zigarettenrauch. Er meint nicht, Muskeln seien das einzige, was ein Mann haben sollte.« Ihre Stimme wurde hoch und schrill.

Louis unterbrach ihren Wortschwall mit einer Frage. Er war von ihrem Ausbruch überrascht, aber er war nicht der Mann, der sich durch die Unverfrorenheit, die seine Frau ihm zeigte, unnötig aufreizen ließ.

»Nein, noch nicht, aber wenn ich will, tue ich's«, beantwortete Pearl seine Frage, ohne ihre exaltierte Litanei groß zu unterbrechen. »Und wenn ich will, gehe ich mit ihm fort. Er will nicht zu jeder Mahlzeit Fleisch. Er nimmt keine kalten Bäder. Er weiß Dinge zu würdigen, die nicht bloß brutal sind. Er vergöttert seinen Körper nicht. Er –«

Als Louis die Tür hinter sich schloß, besang die schrille Stimme seiner Frau noch immer die Vorzüge ihres Verehrers.

»Ist Mr. Becker da?« fragte Louis den etwas zu

kurz geratenen Jungen hinter der Barriere im Verkaufsbüro von Litz & Aulitz.

»Da hinten in der Ecke am Schreibtisch, das ist er.«

Louis öffnete das Türchen und schritt durch das lange Büro zwischen zwei Reihen mathematisch exakt aufgestellter Schreibtische hindurch – zwei Einheitsschreibtische, eine Typistin, zwei Einheitsschreibtische, eine Typistin. Das Rattern von Schreibmaschinen, das Rascheln von Papieren, der Singsang diktierender Stimmen: »Ihr Schreiben vom... unser Mr. Harris... würde sagen...« Während er mit seinem selbstbewußt federnden Schritt weiterging, betrachtete Louis den Mann in der Ecke. Recht gut gebaut, aber wahrscheinlich schlaff und unfähig, sich gegen harte Schläge zu behaupten. Er blieb vor Beckers Schreibtisch stehen, und der Jüngere schaute mit blassem, belästigtem Blick zu Louis hoch.

»Sind Sie Mr. Becker?«

»Ja, Sir. Möchten Sie sich nicht setzen?«

»Nein«, sagte Louis ruhig, »was ich zu sagen habe, sollte stehend gesagt werden.« Er sah mit Wohlgefallen die Verwirrung im Blick des Verkäufers. »Ich bin Louis Stemler!«

»Oh! Ja«, sagte Becker. Offenbar fiel ihm nichts weiter ein. Er griff nach einem Auftragsformular, aber als er es in der Hand hatte, wußte er immer noch keinen Rat.

»Ich werde Sie lehren«, sagte Louis, »mit den Ehefrauen anderer Männer herumzubalzen.«

Beckers stets belästigter Gesichtsausdruck verstärkte sich zusehends. Irgend etwas Dummes würde geschehen. Man konnte sehen, daß er große Furcht davor hatte, lächerlich gemacht zu werden.

»Möchten Sie nicht aufstehen?« Louis knöpfte sein Jackett auf.

Mangels einer Ausrede, sitzen zu bleiben, erhob sich Becker andeutungsweise. Louis ging um den Schreibtisch herum und baute sich vor dem Verkäufer auf.

»Ich gebe Ihnen eine echte Chance«, sagte Louis mit versteiften Schultern, den linken Fuß vorgesetzt, den Blick starr auf die verlegenen Augen vor sich gerichtet.

Becker nickte höflich.

Der Friseur verlagerte sein Gewicht vom linken aufs rechte Bein und versetzte dem Jüngeren einen solchen Hieb auf den Mund, daß er rückwärts gegen die Wand taumelte. Die Verwirrung in Beckers Gesicht verwandelte sich in Zorn. Das war es also, was passieren sollte! Er stürzte sich auf Louis, um von Schlägen empfangen zu werden, die ihn beutelten, ihn zum Rückzug zwangen, ihn zu Boden rissen. Blindlings versuchte er, dem Friseur die Arme festzuhalten, aber die wanden sich los, und wieder und wieder krachten ihm die Fäuste ins Gesicht und auf den Körper. Becker war keine zwanzig Blocks in zwanzig Minuten marschiert, hatte keine Atemübungen an offenen Fenstern gemacht, hatte seinen Körper nicht Morgen für Morgen verdreht und verbogen und mit Kniebeugen gequält, hatte nicht Stunden um Stunden in Turnhallen zugebracht, um seine Muskelkraft zu stählen. In so einer Situation war auf ihn kein Verlaß.

Menschen scharten sich um die Streithähne, trennten sie, drängten sie auseinander und stützten Becker, dessen Beine ihn nicht mehr trugen.

Louis atmete mühelos. Er betrachtete das blutige Gesicht des Verkäufers mit ruhigem Blick und sagte: »Ab sofort werden Sie meine Frau nicht mehr belästigen. Sollte ich jemals hören, Sie hätten noch ein einziges Mal zu ihr auch nur ›Wie geht's?‹ gesagt, komme ich wieder und bringe die Sache zu Ende. Kapiert?«

Becker nickte stumm.

Louis zog seinen Schlips gerade und verließ das Büro.

Die Angelegenheit war sauber und wirkungsvoll erledigt. Kein Verlust seiner Frau, kein Gelaufe zu Scheidungsgerichten, keine Schüsse oder ähnlich billige Melodramen und vor allem kein Klatsch in den Zeitungen über ihn als betrogenen Ehemann – eben eine vernünftige, männliche Lösung des Problems.

Er würde heute abend in der Stadt essen und anschließend eine Varietévorstellung besuchen, und Pearls Nervenkrise würde abgeklungen sein, bis er nach Hause kam. Er würde die Ereignisse dieses Tages niemals erwähnen, es sei denn, eine außergewöhnliche Lage ließ es ratsam erscheinen. Seine Frau würde immer wissen, daß er die Sache im Gedächtnis und bewiesen hatte, daß er zu schützen wußte, was ihm gehörte.

Er rief Pearl an. Ihre Stimme drang ruhig durch die Leitung. Ihre Hysterie hatte sich also gelegt. Er stellte keine Fragen und erwähnte nichts von seiner Absicht, zum Abendessen in der Stadt zu bleiben.

Mitternacht war lange vorbei, als er nach Hause kam. Nach dem Varieté hatte er »Dutch« Spreel getroffen, den Manager von »Oakland Kid McCoy, dem hoffnungsvollsten Leichtgewicht seit den Zeiten von Young Terry Sullivan«, hatte mehrere Stunden in einem Schnellrestaurant zugebracht und Spreel zugehört, der die betrügerischen Machenschaften verurteilte, durch die Kid in seinem letzten Kampf um den Sieg gebracht worden war, einen Sieg, den ihm alle ehrlichen Menschen einmütig zugestanden.

Louis schlüpfte leise in die Wohnung und knipste das Licht in der Diele an. Durch die offene Schlafzimmertür sah er, daß das Bett leer und die Laken nicht zerwühlt waren. Wo war denn Pearl? Sie saß doch sicher nicht wartend im Dunkeln. Er lief durch die Zimmer und schaltete überall das Licht ein.

Auf dem Eßzimmertisch fand er einen Zettel.

»Ich will Dich nie wiedersehen, Du Scheusal. Das sah Dir wieder mal ähnlich – als wenn es irgendeinen Sinn hätte, Norman zusammenzuschlagen. Ich bin mit ihm fortgegangen.«

Louis lehnte sich gegen den Tisch, während die ruhige Sicherheit ihn langsam verließ. Also so war die Welt! Er hatte Becker seine Chance gegeben, hatte ihn nicht übervorteilt, wozu er das Recht gehabt hätte. Er hatte ihn nur gründlich zusammengeschlagen – und so entpuppte sich jetzt die Sache. Herrgott, da konnte man ja genausogut ein Schwächling sein!

(erstmals in: »Brief Stories«, Dez. 1922,
unter dem Pseudonym Peter Collinson)

Der schwarze Hut, der gar nicht da war

»Hören Sie, Mr. Zumwalt, Sie verschweigen mir doch was, und das geht nicht! Wenn ich diesen Fall übernehmen soll, muß ich die ganze Geschichte kennen.«

Er sah mich mit zusammengekniffenen, blauen Augen einen Moment lang nachdenklich an. Dann erhob er sich, ging an die Tür zum Vorzimmer und öffnete sie. Hinter ihm konnte ich den Buchhalter und die Stenotypistin an ihren Schreibtischen sitzen sehen. Zumwalt schloß die Tür, kehrte an seinen Schreibtisch zurück und lehnte sich zu mir herüber, um mit gedämpfter, heiserer Stimme zu sprechen:

»Sie haben wahrscheinlich recht. Aber über alles, was ich Ihnen erzählen werde, muß strengstes Stillschweigen bewahrt werden.«

Ich nickte, und er fuhr fort:

»Vor etwa zwei Monaten übergab uns einer unserer Klienten, Stanley Gorham, Papiere im Wert von 100 000 Dollar. Er mußte geschäftlich in den Orient und hatte das Gefühl, die Anleihen könnten in der Zeit über pari steigen. Deshalb ließ er sie bei uns, damit wir sie im Fall der

Fälle verkaufen könnten. Gestern ergab es sich, daß ich zum Schließfach mußte, in dem wir die Papiere deponiert hatten – im Tresorraum der Golden Gate Trust Company –, und da waren sie verschwunden!«

»Hat außer Ihnen und Ihrem Teilhaber jemand Zugang zu dem Fach?«

»Nein.«

»Wann haben Sie die Papiere das letzte Mal gesehen?«

»Am Samstag, bevor Dan abgereist ist, befanden sie sich noch im Fach. Und einer der im Tresorraum diensttuenden Männer sagte mir, daß Dan montags drauf noch mal dort war.«

»Na schön! Nun sehen wir mal, ob ich alles richtig verstanden habe. Ihr Teilhaber, Daniel Rathbone, sollte am Siebenundzwanzigsten des vorigen Monats, einem Montag, nach New York fahren, um sich mit einem gewissen R. W. DePuy zu treffen. Aber Rathbone kam an diesem Tag mit seinem Gepäck ins Büro und sagte, wichtige persönliche Angelegenheiten zwängen ihn dazu, seine Abreise zu verschieben, und er müsse am folgenden Morgen in San Francisco sein. Aber er erzählte Ihnen nicht, worum es sich bei dieser persönlichen Angelegenheit handelte.

Sie und er hatten eine kleine Auseinandersetzung wegen der Verschiebung der Reise, da Sie es für wichtig hielten, daß er seine Verabredung in New York pünktlich einhielt. Sie waren sowieso nicht besonders gut aufeinander zu sprechen, da Sie bereits ein paar Tage zuvor über ein fragwürdiges Geschäft in Streit geraten waren, das Rathbone abgewickelt hatte. Und Sie waren der Meinung –«

»Verstehen Sie mich nicht falsch«, unterbrach mich Zumwalt. »Dan hatte nichts Unredliches getan. Es war nur so, daß er mehrere Transaktionen in die Wege geleitet hatte, die – nun ja, ich war der Meinung, er habe die Moral dem Profit geopfert.«

»Ich verstehe. Wie dem auch sei, Ihr Streit darüber, daß er an jenem Tag nicht nach New York gefahren war, weitete sich schon bald auf alle sonst noch irgendwie existierenden Differenzen aus, und Sie einigten sich am Ende praktisch darauf, Ihren Partnervertrag so schnell wie möglich aufzulösen. Die Sache wurde schließlich in Ihrem Haus draußen in der Fourteenth Avenue beigelegt, und da es inzwischen ziemlich spät und er aus seinem Hotel bereits ausgezogen war, noch bevor er es sich mit seiner Reise nach New York anders überlegt hatte, blieb er die Nacht über bei Ihnen.«

»Das stimmt«, erklärte Zumwalt. »Seit meine Frau nicht mehr bei mir lebt, wohne ich eigentlich im Hotel, aber Dan und ich fuhren zu meinem Haus, weil wir unser Gespräch dort am ungestörtesten führen konnten; und als wir die

Sache hinter uns gebracht hatten, war es so spät, daß wir dort blieben.«

»Am nächsten Morgen kamen Sie und Rathbone hierher ins Büro und –«

»Nein«, berichtigte er mich, »das heißt, wir kamen nicht zusammen hierher. Ich fuhr her, während Dan all das erledigte, was ihn noch in der Stadt festhielt. Er kam kurz nach zwölf ins Büro und sagte, er wolle nun mit dem Nachtzug nach New York. Er beauftragte Quimby, den Buchhalter, ihm die notwendigen Reservierungen zu besorgen und sein Gepäck aufzugeben, das er die Nacht über hier im Büro gelassen hatte. Dann gingen wir zusammen essen, kamen für ein paar Minuten zurück ins Büro – er hatte noch ein paar Briefe zu unterschreiben –, und danach fuhr er weg.«

»Ich verstehe. Sie hörten dann von ihm oder über ihn ungefähr zehn Tage lang nichts mehr, bis Ihnen DePuy ein Kabel schickte mit der Frage, warum Rathbone nicht zu ihm gekommen sei.«

»Das ist richtig. Kaum hatte ich DePuys Kabel erhalten, schickte ich eines an Dans Bruder in Chicago, weil ich dachte, Dan habe vielleicht drüben bei ihm einen Stop eingelegt. Aber Tom kabelte zurück, daß er seinen Bruder schon eine ganze Zeit nicht mehr gesehen habe. Mittlerweile hatte ich zwei weitere Kabel von DePuy erhalten. Ich war sauer auf Dan, weil er ihn hatte hängen lassen, aber ich machte mir immer noch keine allzu großen Sorgen.

Dan ist kein sehr zuverlässiger Mensch, und mir war klar, sollte ihm plötzlich die Idee gekommen sein, irgendwo zwischen hier und New York ein paar Tage zu bleiben, so hatte er das in jedem Fall getan. Aber als ich gestern merkte, daß die Papiere aus dem Tresorfach verschwunden waren, und erfuhr, daß Dan am Tag vor seiner Abreise am Fach gewesen war, kam ich zu dem Schluß, daß ich etwas unternehmen müsse. Aber ich möchte nicht, daß die Polizei da hineingezogen wird, wenn es sich vermeiden läßt.

Ich habe das sichere Gefühl, wenn ich Dan finden und mit ihm reden kann, dann können wir den Schlamassel irgendwie und ohne viel Aufsehen bereinigen. Wir waren manchmal verschiedener Meinung, aber ich mag ihn trotz seiner gelegentlichen Verrücktheiten viel zu gern, als daß ich ihn im Gefängnis sehen will. Ich möchte also, daß er so schnell und so geräuschlos wie möglich gefunden wird.«

»Hat er einen Wagen?«

»Im Augenblick nicht. Er hatte einen, hat ihn aber vor fünf oder sechs Monaten verkauft.«

»Bei welcher Bank ist er? Ich meine sein persönliches Konto?«

»Bei der Golden Gate Trust Company.«

»Haben Sie irgendwelche Fotos von ihm?«

»Ja.«

Er holte zwei aus seiner Schreibtischschublade – eines en face und das andere im Halbprofil. Sie zeigten einen Mann in den mittleren Jahren, mit schlauen, dicht beisammen stehenden Augen in einem scharfgeschnittenen Gesicht unter dunklem, dünnem Haar. Trotz seiner Durchtriebenheit wirkte das Gesicht recht angenehm.

»Wie sieht's mit Verwandten aus, Freunden und so weiter – vor allen Dingen Freundinnen?«

»Sein einziger Angehöriger ist der Bruder in Chicago. Was seine Freunde und Freundinnen angeht, da hat er wahrscheinlich so viel wie jeder in San Francisco.

In letzter Zeit war er mit einer Mrs. Earnshaw sehr gut befreundet, der Frau eines Immobilienmaklers. Sie wohnt, glaube ich, in der Pacific Street. Ich weiß nicht genau, wie eng sie befreundet waren, aber er telefonierte oft mit ihr, und sie rief ihn hier fast jeden Tag an. Dann gibt's da noch ein Mädchen namens Eva Duthie, eine Varietékünstlerin, die in der Bush Street im Block 1100 wohnt.«

»Haben Sie seine Sachen durchgesehen?«

»Ja, aber vielleicht möchten Sie sie sich selbst ansehen.«

Er führte mich in Rathbones privates Arbeitszimmer, einen Raum wie eine kleine Zelle, gerade groß genug für einen Schreibtisch, einen

Aktenschrank und zwei Stühle, dessen Türen in den Korridor, ins Vorzimmer und in Zumwalts Büro führten.

»Während ich mich ein bißchen umsehe, könnten Sie mir eine Liste der Seriennummern der vermißten Wertpapiere besorgen«, sagte ich. »Sie helfen uns vielleicht nicht sofort weiter, aber wir können das Finanzministerium bitten, uns Bescheid zu geben, wenn die Coupons eingehen und woher sie kommen.«

Ich erwartete nicht, in Rathbones Arbeitszimmer irgend etwas Brauchbares zu finden, und tat es auch nicht.

Ehe ich wegging, befragte ich noch die Stenotypistin und den Buchhalter. Sie wußten bereits, daß Rathbone vermißt wurde, wußten aber nicht, daß auch die Wertpapiere verschwunden waren.

Das Mädchen – Mildred Narbett hieß sie – sagte, Rathbone habe ihr am achtundzwanzigsten noch zwei Briefe diktiert – dem Tag, an dem er nach New York fuhr –, die mit Angelegenheiten der beiden Teilhaber zu tun gehabt hätten; und er habe ihr gesagt, sie solle Quimby bitten, sein Gepäck aufzugeben und die Reservierungen zu erledigen. Als sie vom Mittagessen zurückkam, hatte sie die beiden Briefe getippt und zum Unterschreiben zu ihm hineingebracht, wo sie ihn eben noch erwischte, als er gerade weggehen wollte.

John Quimby, der Buchhalter, beschrieb das Gepäck, das er aufgegeben hatte: zwei große schweinslederne Reisetaschen und eine kleinere Tasche aus Ziegenleder. Mit seinem Buchhaltergehirn erinnerte er sich sogar an die Nummer des Schlafwagenbettes, das er für Rathbone im Nachtzug ergattert hatte –, vier unten, Wagen acht. Quimby war mit den Gepäckscheinen, Fahrkarten und Platzreservierungen zurück ins Büro gekommen, als die beiden Teilhaber gerade beim Essen waren, und hatte sie auf Rathbones Schreibtisch gelegt.

In Rathbones Hotel sagte man mir, er habe es am Morgen des siebenundzwanzigsten verlassen und sein Zimmer aufgegeben, seine beiden Schrankkoffer habe er aber dagelassen, weil er vorgehabt habe, nach seiner Rückkehr aus New York in drei oder vier Wochen wieder dort zu wohnen. Die Hotelangestellten konnten mir, außer daß er in einem Taxi weggefahren war, nur wenig Hörenswertes erzählen.

Am Taxistand fand ich den Chauffeur, der Rathbone gefahren hatte.

»Rathbone? Klar, den kenne ich!« erzählte er mir an seiner schlappen Zigarette vorbei. »Yeah, ich glaube, es war ungefähr dies Datum, als ich ihn runter zur Golden Gate Trust Company gefahren hab. Er hatte zwei gelbe Reisetaschen und eine kleine braune bei sich, raste mit der kleinen Tasche in die Bank und kam gleich wieder raus, mit einem Gesicht, als hätte ihm jemand gegen die Hörner getreten. Ließ sich von mir zum Phelps Building fahren« – die Büros von Rathbone & Zumwalt befanden sich in diesem Gebäude – »und gab mir nich mal 'n Nickel Trinkgeld!«

In der Golden Gate Trust Company mußte ich erst lange bitten und reden, aber schließlich sagte man mir, was ich wissen wollte – Rathbone hatte sein Konto leergefegt, etwas weniger als 5000 Dollar, und zwar am fünfundzwanzigsten, dem Samstag, bevor er die Stadt verlassen hatte.

Von der Bank fuhr ich runter zur Gepäckaufgabe im Ferry Building und erkaufte mir mit ein paar Zigarren einen Blick in die Listen vom achtundzwanzigsten. Nur ein einziger Posten von drei Gepäckstücken war an dem Tag nach New York aufgegeben worden.

Ich gab die Nummern und Rathbones Beschreibung telegrafisch an die New Yorker Filiale unserer Agentur durch und wies sie an, das Gepäck zu suchen, um so auch ihn zu finden.

In den Büros der Pullman Company erfuhr ich, daß Wagen acht ein durchgehender Waggon sei und daß man mir innerhalb von zwei Stunden mitteilen könne, ob Rathbone sein Bett bis nach New York tatsächlich benutzt habe.

Auf dem Weg zum Block 1100 in der Bush Street brachte ich eines von Rathbones Fotos zu einem Fotografen und erteilte ihm einen Eilauftrag über ein Dutzend Abzüge.

Ich fand Eva Duthies Apartment, nachdem ich ungefähr fünf Minuten die Bewohnerverzeichnisse im Foyer studiert hatte, und holte sie aus dem Bett. Sie war eine etwas klein geratene Blondine irgendwo zwischen neunzehn und neunundzwanzig, je nachdem ob man sie nach ihren Augen oder dem übrigen Gesicht beurteilte.

»Ich habe von Mr. Rathbone fast einen Monat lang weder was gehört noch gesehen«, sagte sie. »Ich habe ihn neulich mal im Hotel angerufen – gab 'ne Party, bei der ich ihn dabeihaben wollte –, aber man sagte mir, er sei nicht in der Stadt.«

Dann, als Antwort auf eine andere Frage:

»Ja, wir waren ziemlich gut befreundet, aber nicht besonders intim. Sie wissen, was ich meine: Wir hatten viel Spaß miteinander, aber abgesehen davon hat keiner dem andern irgendwas bedeutet.«

Mrs. Earnshaw war nicht so zugänglich. Aber schließlich hatte sie einen Gatten, und das ändert alles. Sie war eine hochgewachsene, schlanke Frau, dunkel wie eine Zigeunerin, mit dem nervösen Tick, an ihrer Unterlippe herumzukauen.

Wir saßen in einem recht steif möblierten Zimmer, und sie hielt mich etwa fünfzehn Minuten hin, bis ich unverhohlen mit den Stullen rausrückte.

»Die Dinge liegen folgendermaßen, Mrs. Earnshaw«, sagte ich zu ihr. »Mr. Rathbone ist verschwunden, und wir werden ihn finden. So helfen Sie weder mir noch sich selbst. Ich bin zu Ihnen gekommen, um zu erfahren, was Sie über ihn wissen.

Ich hätte auch rumlaufen und Ihren Freunden Fragen über Fragen stellen können; und wenn Sie mir nicht erzählen, was ich wissen will, werde ich genau das tun müssen. Ich werde zwar so vorsichtig wie möglich vorgehen, aber es läßt sich gar nicht umgehen, daß Neugier, wilde Vermutungen und Gerede aufkommen. Ich gebe Ihnen die Chance, all das zu vermeiden. Es hängt ganz von Ihnen ab.«

»Sie unterstellen mir«, sagte sie kalt, »daß ich etwas zu verbergen habe?«

»Ich unterstelle Ihnen gar nichts. Ich suche nach Informationen über Daniel Rathbone.«

Daraufhin biß sie sich eine Weile auf die Lippe, und dann kam die Geschichte Stück für Stück aus ihr heraus, mit vielem dran, was nicht ganz stimmte, letztlich aber ehrlich genug war. Von dem befreit, was nicht stichhaltig klang, lautete sie so:

Sie und Rathbone hatten vorgehabt, miteinander durchzubrennen. Sie hatte San Francisco am sechsundzwanzigsten verlassen und war direkt nach New Orleans gefahren. Er sollte einen Tag später abreisen, offiziell nach New York, aber irgendwo im Mittelwesten umsteigen und in New Orleans zu ihr stoßen. Von dort wollten sie per Schiff nach Mittelamerika.

Sie gab vor, von seinen Plänen bezüglich der Wertpapiere keine Ahnung gehabt zu haben. Vielleicht hatte sie wirklich nichts gewußt. Jedenfalls hatte sie ihren Teil des Plans ausgeführt, aber Rathbone war nicht in New Orleans erschienen. Bei alldem hatte sie nicht viel Sorgfalt an den Tag gelegt, um ihre Spuren zu verwischen, und von ihrem Mann beauftragte Privatdetektive hatten sie bald gefunden. Ihr Mann war nach New Orleans gekommen und hatte sie überredet, nach Hause zurückzukehren.

Sie war nicht die Frau, die das, was Rathbone ihr angetan hatte, leichtnahm, und so hatte sie nichts getan, um Kontakt mit ihm aufzunehmen.

Ihre Geschichte hörte sich zwar ganz aufrichtig an, doch um einfach auf Nummer Sicher zu gehen, streckte ich anschließend noch ein paar Fühler in der Nachbarschaft aus, aber was ich erfuhr, schien zu bestätigen, was sie mir erzählt hatte. Ich nahm an, daß nur wenige der Nachbarn Vermutungen angestellt hatten, die nicht eine Million Kilometer von den Tatsachen entfernt waren.

Ich bekam die Pullman Company ans Telefon

und erhielt die Mitteilung, daß das Bett vier unten im Wagen acht in Richtung New York am achtundzwanzigsten frei geblieben war.

Zumwalt zog sich gerade zum Abendessen um, als ich zu seinem Zimmer in dem Hotel hinaufging, in dem er wohnte.

Ich erzählte ihm, was ich den Tag über rausgekriegt hatte und was ich darüber dachte.

»Alles ergibt einen Sinn, bis Rathbone am siebenundzwanzigsten den Tresorraum der Golden Gate Trust Company verließ, und danach paßt nichts mehr zusammen! Er hatte vor, sich die Wertpapiere anzueignen und mit Mrs. Earnshaw durchzubrennen, und er hatte schon sein gesamtes eigenes Geld von der Bank geholt. Das erscheint alles geordnet und planmäßig. Aber warum ging er dann noch einmal ins Büro? Warum wollte er die Nacht in der Stadt bleiben? Was war das für eine wichtige Angelegenheit, die ihn festhielt? Warum hat er Mrs. Earnshaw sitzenlassen? Warum benutzte er seine Platzreservierungen nicht wenigstens für einen Teil der Reise, wie er das vorgehabt hatte? Eine falsche Spur, okay, aber eine miserable! Es bleibt nichts weiter übrig, Mr. Zumwalt, als die Polizei und die Presse hinzuzuziehen und zu sehen, was uns das öffentliche Aufsehen und eine landesweite Suche einbringen.«

»Aber das bedeutet Gefängnis für Dan!« widersprach er.

»Ja, daran ist nichts zu ändern. Und vergessen Sie nicht, Sie müssen sich selbst schützen. Als sein Partner sind Sie zwar nicht strafrechtlich, aber finanziell für seine Handlungen verantwortlich. Sie müssen sich selbst aus der Sache herausbringen.«

Er gab mir mit einem Nicken widerstrebend seine Zustimmung, und ich griff zum Telefon.

Zwei Stunden lang war ich damit beschäftigt, alle vorhandenen Informationen an die Polizei, und was wir veröffentlicht haben wollten, an die Presse weiterzugeben.

Drei Telegramme gab ich auf. Eines nach New York mit der Bitte, Rathbones Gepäck zu öffnen, sobald die entsprechende Vollmacht beschafft werden konnte. (Wenn er nicht nach New York gefahren war, mußte das Gepäck auf dem Bahnhof sein.) Eines nach Chicago mit der Bitte, Rathbones Bruder zu befragen und dann ein paar Tage lang zu beschatten. Und eines nach New Orleans, um in der Stadt nach ihm suchen zu lassen. Dann fuhr ich nach Hause und legte mich schlafen.

Es gab nicht viel Neues in der Welt, und so trampelten die Zeitungen vom nächsten Tag Rathbone auf sämtlichen Titelseiten breit: mit Fotos und Beschreibungen und verrückten Spekulationen und noch verrückteren Hinweisen, die irgendwie in der kurzen Zeit, seit die Presse die Story bekommen hatte und bis die einzelnen Blätter in Druck gingen, ins Kraut geschossen waren.

Ich brachte den Morgen damit zu, Rundschreiben und Pläne zu entwerfen, um das Land durchsuchen zu lassen, und die Anweisung zu geben, Dampferlisten zu überprüfen.

Kurz vor Mittag traf ein Telegramm aus New York ein, in dem die Sachen aufgeführt waren, die sich in Rathbones Gepäck gefunden hatten. Der Inhalt der beiden großen Reisetaschen sagte nichts aus. Sie konnten sowohl ernsthaft als auch nur als Ablenkungsmanöver gepackt worden sein. Aber die Dinge in der kleinen Ziegenledertasche, die man unverschlossen vorgefunden hatte, waren verwirrend.

Hier ist die Liste:

2 Seidenpyjamas, 4 Seidenhemden, 8 Leinenkragen, 4 Garnituren Unterwäsche, 6 Krawatten, 6 Paar Socken, 18 Taschentücher, 2 Haarbürsten, 1 Kamm, 1 Rasierapparat, 1 Tube Rasiercreme, 1 Rasierpinsel, 1 Zahnbürste, 1 Tube Zahnpasta, 1 Dose Talkumpuder, 1 Flasche Haarwasser, 1 Zigarrenkiste mit 12 Zigarren, 1 .32er Colt, 1 Landkarte von Honduras, 1 Spanisch-Englisch-Wörterbuch, 2 Heftchen Briefmarken, 1 Pintflasche Scotch Whisky und 1 Nagelnecessaire.

Zumwalt, sein Buchhalter und seine Stenotypistin sahen gerade zwei Männern aus dem Polizeipräsidium bei der Durchsuchung von Rathbones Arbeitszimmer zu, als ich dort ankam. Ich zeigte ihnen das Telegramm, dann machten sich die Detektive wieder an ihre Arbeit.

»Was hat diese Liste zu bedeuten?« fragte Zumwalt.

»Sie zeigt, daß die ganze Sache weder Hand noch Fuß hat, so wie sie jetzt aussieht«, sagte ich. »Diese kleine Tasche wurde als Handgepäck gepackt. Sie aufzugeben, war völlig unsinnig – sie war nicht einmal verschlossen. Niemand gibt Reisetaschen auf, die mit Toilettenartikeln gefüllt sind – sie also zur Irreführung aufzugeben, wäre Quatsch gewesen! Vielleicht hat er es aufgrund einer späteren Überlegung getan. Um sie loszuwerden, als er merkte, daß er sie nicht brauchen würde. Aber was könnte ihn in die Lage versetzt haben, sie nicht mehr zu brauchen? Vergessen Sie nicht, daß es offensichtlich dieselbe Tasche ist, mit der er in den Tresorraum der Golden Gate Trust Company ging, als er die Wertpapiere holte. Zum Teufel, wenn ich daraus klug werde!«

»Hier ist noch was zum Draus-Klugwerden«, sagte einer der Kriminalbeamten, stand nach beendeter Durchsuchung des Schreibtisches auf und hielt mir ein Blatt Papier hin. »Ich hab's hinter einer der Schubladen gefunden. War dahintergerutscht.«

Es war ein Brief, der mit blauer Tinte in einer sicheren, eckigen und unübersehbar weiblichen

Handschrift auf dickes, weißes Papier geschrieben war.

»Lieber Dannyboy!

Falls es noch nicht zu spät ist, habe ich es mir mit dem Wegfahren anders überlegt. Wenn Du noch einen Tag warten kannst, bis Dienstag, fahre ich. Rufe mich an, sobald Du diesen Brief erhalten hast, und wenn Du mich noch willst, hole ich Dich Dienstag nachmittag mit dem Roadster an der Shattuck Avenue Station ab.

Mehr denn je Deine

Boots«

Er trug das Datum vom sechsundzwanzigsten – dem Sonntag, bevor Rathbone verschwunden war.

»Deswegen hat er die Sache um einen Tag verschoben und seine Pläne geändert«, sagte einer der Kriminalbeamten. »Wir fahren wohl besser mal rüber nach Berkeley und sehen nach, was es an der Shattuck Avenue Station zu entdecken gibt.«

»Mr. Zumwalt«, sagte ich, als er und ich in seinem Büro allein waren, »wie sieht's eigentlich mit Ihrer Tippse aus?«

Er sprang aus seinem Sessel hoch und wurde rot im Gesicht. »Was soll mit ihr sein?«

»Ist sie – Wie eng war sie mit Rathbone befreundet?«

»Miß Narbett«, sagte er würdevoll und betont, als wolle er sichergehen, daß ich auch jede

Silbe mitbekam, »und ich werden heiraten, sobald meine Frau von mir geschieden ist. Deswegen habe ich die Anweisung zurückgezogen, mein Haus zu verkaufen. Würden Sie mir jetzt bitte sagen, warum Sie fragen?«

»Nur eine vage Vermutung!« log ich, um ihn zu besänftigen. »Ich möchte keine Möglichkeit außer acht lassen. Aber die ist damit ausgeschieden.«

»Das ist sie sicher«, sagte er noch immer sehr betont, »und es scheint mir, daß die meisten Ihrer Vermutungen vage sind und waren. Wenn Sie Ihre Agentur veranlassen würden, mir für Ihre Dienste bis heute eine Rechnung zu schikken, kann ich, glaube ich, im weiteren auf Ihre Hilfe verzichten.«

»Ganz wie Sie meinen. Aber den heutigen Tag werden Sie voll bezahlen müssen: Wenn es Ihnen also nichts ausmacht, werde ich an dem Fall noch bis heute abend weiterarbeiten.«

»Sehr schön! Allerdings habe ich zu tun, und Sie brauchen sich nicht die Mühe zu machen, mir irgendwelche Berichte vorzulegen.«

»In Ordnung«, sagte ich und verließ unter Verbeugungen das Büro.

Dieser Brief von »Boots« hatte *nicht* im Schreibtisch gelegen, als ich ihn durchsuchte. Ich hatte alle Schubladen herausgezogen und den Tisch sogar angekippt, um darunterzusehen. Der Brief war ein fauler Trick!

Angenommen (dachte ich, als ich die Market Street entlangging und gegen Schultern rempelte und Leuten auf die Füße trat), die beiden Partner steckten in dieser Sache unter einer Decke. Einer von ihnen hatte den Sündenbock abgeben müssen, und diese Rolle war Rathbone zugefallen. Zumwalts gesamtes Verhalten seit dem Verschwinden seines Teilhabers paßte auf diese Theorie.

Einen Privatdetektiv zu engagieren, ehe man die Polizei um Hilfe bat, war ein guter Schachzug. Der Privatschnüffler würde nämlich über alles berichten, was er erfuhr, über jeden Schritt, den er unternahm, und damit Zumwalt die Möglichkeit geben, alle Fehler oder möglichen Schwachstellen des Planes zu korrigieren, ehe die Polizei eingriff: Und wenn der Privatdetektiv auf gefährliches Terrain geriet, konnte er entlassen werden.

Und angenommen, Rathbone wurde in irgendeiner Stadt aufgestöbert, in der er unbekannt war – und genau an so einen Ort würde er ja gehen. Zumwalt würde sich freiwillig anbieten, ihn zu identifizieren. Er würde ihn betrachten und sagen: »Nein, das ist er nicht.« Rathbone würde auf freien Fuß gesetzt, und das wäre dann das Ende dieser Spur.

Diese Theorie erklärte zwar noch nicht die plötzliche Änderung von Rathbones Plänen, aber zumindest ließ sie seine Rückkehr ins Büro am Nachmittag des Siebenundzwanzigsten plausibler erscheinen. Er war zurückgekommen, um mit seinem Partner über diesen unbekannten Änderungsgrund zu reden, und sie hatten beschlossen, Mrs. Earnshaw aus der Sache rauszuhalten. Dann waren sie zu Zumwalts Haus hinausgefahren. Warum? Und warum hatte sich Zumwalt entschlossen, das Haus nicht zu verkaufen? Und warum hatte er sich extra die Mühe gemacht, mir darüber eine Erklärung zu geben? Konnten sie die Wertpapiere dort versteckt haben?

Sich das Haus mal anzusehen, war sicher keine schlechte Idee.

Ich rief Bennett vom Polizeibezirk Oakland an.

»Tust du mir 'n Gefallen, Frank? Ruf Zumwalt an. Sag ihm, ihr hättet einen Mann aufgegriffen, auf den Rathbones Beschreibung haargenau paßt, und bitte ihn, rüberzukommen und ihn sich mal anzusehen. Wenn er da ist, halte ihn so lange auf, wie du kannst – mach ihm vor, daß dem Mann gerade die Fingerabdrücke abgenommen würden, er noch vermessen werden müsse oder sonstwas – und dann sag ihm, daß ihr rausgefunden habt, daß der Mann doch nicht Rathbone ist und daß es dir leid tut, ihn gerufen zu haben und so weiter. Wenn du ihn nur eine halbe oder Dreiviertelstunde festhältst, wird's reichen – er braucht länger als 'ne halbe Stunde für den Weg hin und dann noch mal für den zurück... Danke!«

Ich fuhr kurz bei der Agentur vorbei, steckte mir eine Taschenlampe ein und machte mich auf zur Fourteenth Avenue.

Zumwalts Haus war eine zweistöckige Doppelhaushälfte, und das Schloß an der Eingangstür kostete mich ungefähr vier Minuten. Ein Einbrecher hätte es geknackt, ohne sich aufhalten zu lassen. Das Eindringen ins Haus entsprach nicht ganz den Regeln, aber andererseits war ich rein rechtlich so lange Zumwalts Agent, bis ich am Abend mit der Arbeit aufhörte – also konnte man diesen Einbruch nicht als illegal betrachten.

Ich fing im Obergeschoß an und arbeitete mich nach unten durch. Kommoden, Frisiertoiletten, Tische, Schreibpulte, Sessel, Wände, Balken, Bilder, Teppiche, Leitungsrohre – ich besah mir alles, was dick genug war, um Papier zu enthalten. Ich nahm nichts auseinander, aber es ist erstaunlich, wie schnell man ein Haus durchsuchen kann, wenn man geübt ist.

In den oberen Etagen fand ich nichts, und so ging ich hinunter in den Keller.

Es war ein großer, in zwei Hälften geteilter Keller. Der vordere Teil hatte einen Zementestrich und enthielt einen gefüllten Kohlenverschlag, ein paar Möbel, einige Konserven und jede Menge Krimskrams, wie er in einem Haushalt eben anfällt. Der hintere Teil, hinter einer verputzten Trennwand, wo die Treppe von der Küche herunterführte, war ohne Fenster und wurde nur von einer baumelnden Glühbirne erleuchtet, die ich einschaltete.

Ein Gerümpelhaufen füllte eine Hälfte des Raumes, auf der anderen Seite waren Fässer und Kisten bis an die Decke gestapelt. Zwei Säcke Zement lagen daneben, und in der Ecke türmten sich zerbrochene Möbel. Der Boden bestand aus festgestampfter Erde.

Ich machte mich als erstes an den Gerümpelhaufen. Ich war nicht gerade scharf auf diese Arbeit – den Haufen wegzuräumen und dann wieder aufzuschichten. Aber darüber hätte ich mir keine Gedanken zu machen brauchen.

Ein Brett klapperte hinter mir, ich fuhr herum und sah Zumwalt, der hinter einem Faß auftauchte und mich über eine schwarze Automatikpistole böse anstarrte.

»Nehmen Sie die Hände hoch«, sagte er.

Ich nahm sie hoch. Ich hatte keine Pistole bei mir, weil ich nicht gewohnt war, eine bei mir zu tragen, es sei denn, ich meinte, ich würde eine brauchen: Aber es wäre aufs selbe hinausgelaufen, hätte ich die Tasche voller Pistolen gehabt. Ich habe nichts dagegen, Chancen zu nutzen, aber es besteht keine, wenn man in den Lauf einer Kanone blickt, die ein entschlossener Mensch auf einen richtet.

Also nahm ich meine Hände hoch. Und eine von ihnen streifte die baumelnde Glühbirne. Ich rammte meine Knöchel hinein. Als es im Keller dunkel wurde, warf ich mich nach hinten und zur Seite.

Zumwalts Pistole spuckte Feuer.

Eine Weile passierte nichts. Ich merkte, daß ich über die Schwelle der Tür gefallen war, die zur Treppe und dem vorderen Keller führte. Mir war klar, daß ich mich nicht bewegen konnte, ohne Geräusche zu machen, die Blei anlocken würden: Also blieb ich still liegen.

Dann begann ein Spiel, das an Spannung wettmachte, was ihm an Handlung abging.

Der Teil des Kellers, in dem wir uns befanden, war ungefähr sechs mal sechs Meter groß und schwärzer als ein neuer Schuh. Es gab zwei Türen. Die auf der gegenüberliegenden Seite führte wohl in den Garten und war, wie ich vermutete, verschlossen. Ich lag auf dem Rücken in der anderen und wartete darauf, ein Paar Beine zu packen. Zumwalt war mit seiner Pistole, aus der er nur einen Schuß abgegeben hatte, irgendwo dort in der Dunkelheit und sich, nach seinem Schweigen zu urteilen, im klaren, daß ich noch am Leben war.

Ich meinte, ihm gegenüber im Vorteil zu sein. Ich war dem einzigen benutzbaren Ausgang am nächsten; er wußte nicht, daß ich unbewaffnet war, wußte nicht, ob ich Hilfe in der Nähe hatte oder nicht. Zeit war für ihn kostbar, aber nicht unbedingt auch für mich. Also wartete ich.

Minuten verstrichen. Wie viele, weiß ich nicht. Vielleicht eine halbe Stunde.

Der Boden war feucht und hart und absolut ungemütlich. Ich hatte mich irgendwie mit der Glühbirne am Kopf geschnitten, als ich sie zerschlug, und konnte nicht feststellen, wie stark ich blutete. Ich dachte an Tads »blinden Mann in einem dunklen Zimmer, der nach dem schwarzen Hut sucht, der gar nicht da ist«, und wußte, wie ihm zumute war.

Eine Kiste oder auch ein Faß fiel krachend um – zweifellos von Zumwalt umgestoßen, der aus seinem Versteck hervorkroch.

Wieder eine Weile Stille. Und dann hörte ich ihn sich vorsichtig seitlich von mir bewegen.

Ohne Warnung schickten zwei Blitze aus seiner Pistole Kugeln in die Wand irgendwo oberhalb meiner Füße.

Wieder Stille, und ich merkte, daß mir der Schweiß in Bächen herunterlief. Ich hörte seinen Atem, konnte aber nicht feststellen, ob er näher gekommen oder nur aufgeregter war.

Dann ein leises, schleifendes Rutschen über den festgestampften Boden... Ich stellte ihn mir vor, wie er unbeholfen auf den Knien und einer Hand herumkroch und mit der anderen die Pistole vor sich hielt – die Pistole, die Feuer speien würde, sobald ihr Lauf etwas Weiches berührte. Und beklommen wurde ich mir meines Umfangs bewußt. Ich bin recht füllig um die Taille, und dort in der Dunkelheit kam es mir so vor, als reiche mein Bauch fast bis an die Decke – ein Ziel, das keine Kugel verfehlen konnte.

Ich streckte ihm meine Hände entgegen und hielt sie dort. Wenn sie ihn zuerst berührten, hatte ich eine Chance.

Er keuchte jetzt durchdringend. Ich atmete durch einen Mund, den ich weit aufriß, damit von den gewaltigen Mengen Luft, die ich ein- und ausatmete, kein Japsen zu hören wäre.

Plötzlich war er da.

Haare strichen an den Fingern meiner linken Hand entlang. Ich packte sie, riß den Kopf, den ich nicht sehen konnte, mit einem Ruck zu mir heran und jagte meine Faust hinein. Alles, was ich hatte, legte ich in diesen Schlag.

Er zappelte, und ich schlug noch mal zu.

Dann saß ich rittlings auf ihm und suchte mit der Taschenlampe nach seiner Pistole. Ich fand sie und zerrte ihn hoch.

Kaum war er wieder klar im Kopf, trieb ich ihn in den vorderen Keller und holte eine Glühbirne, um die zu ersetzen, die ich zertrümmert hatte.

»Und jetzt buddel es aus«, befahl ich.

Es war gefahrlos, es so auszudrücken. Ich war nicht sicher, was ich suchte oder wo es war;

nur die Tatsache, daß er sich diesen Teil des Kellers ausgesucht hatte, um auf mich zu warten, ließ es so aussehen, als sei es die richtige Stelle.

»Buddeln Sie doch selber!« knurrte er.

»Gute Idee«, sagte ich, »aber wenn ich's selbst machen soll, habe ich nicht die Zeit, Sie zu fesseln. Wenn ich also selber grabe, gebe ich Ihnen vorher eines über den Schädel, damit Sie ruhig schlafen, bis alles vorbei ist.«

Total verschmiert mit Blut, Erde und Schweiß muß ich ausgesehen haben, als sei ich zu allem fähig, denn als ich einen Schritt auf ihn zumachte und die Faust ballte, gab er nach.

Hinter dem Gerümpelhaufen holte er einen Spaten hervor, schob ein paar von den Fässern zur Seite und begann zu graben.

Als eine Hand – eine Männerhand, totengelb, wo die feuchte Erde nicht an ihr klebte – zum Vorschein kam, stoppte ich ihn.

Ich hatte *es* gefunden, aber keine Lust, es mir anzusehen, nachdem es drei Wochen in der nassen Erde gelegen hatte . . .

Vor Gericht versuchte sich Lester Zumwalt damit herauszureden, er habe seinen Teilhaber aus Notwehr getötet. Zumwalt sagte aus, er habe die Wertpapiere von Gorham im vergeblichen Versuch an sich genommen, Verluste auf dem Aktienmarkt auszugleichen; und als Rathbone – der sie seinerseits an sich nehmen und mit Mrs. Earnshaw nach Mittelamerika gehen wollte – zum Schließfach kam und entdeckte, daß sie verschwunden waren, sei er ins Büro zurückgekommen und habe Zumwalt des Diebstahls bezichtigt.

Zu der Zeit habe Zumwalt seinen Partner noch nicht im Verdacht gehabt, selbst unehrliche Absichten zu haben, und versprochen, die Wertpapiere zurückzugeben. Sie seien zu Zumwalts Haus hinausgefahren, um die Angelegenheit zu erörtern, doch Rathbone, der mit dem Plan seines Partners, die Papiere ihrem rechtmäßigen Besitzer zurückzuerstatten, gar nicht einverstanden gewesen sei, habe Zumwalt angegriffen und sei in dem darauffolgenden Kampf getötet worden.

Dann habe Zumwalt seiner Stenotypistin, Mildred Narbett, die ganze Geschichte erzählt und sie überredet, ihm zu helfen. Sie hätten ausgemacht, die Sache so erscheinen zu lassen, als sei Rathbone am nächsten Tag – dem achtundzwanzigsten – für kurze Zeit im Büro gewesen und dann nach New York gefahren.

Die Geschworenen waren aber offensichtlich der Ansicht, daß Zumwalt seinen Partner in das Haus in der Fourteenth Avenue gelockt hatte, um ihn umzubringen; und so wurde er des Mordes für schuldig befunden.

Die erste Geschworenenjury, vor der Mildred Narbetts Fall verhandelt wurde, kam zu keiner

Einigung. Die zweite Jury sprach sie mit dem Argument frei, es sei durch nichts bewiesen, daß sie an dem Diebstahl der Wertpapiere oder dem Mord beteiligt gewesen sei oder daß sie vorher schon Kenntnis von beiden Verbrechen gehabt habe. Ihre spätere Komplizenschaft aber sei angesichts ihrer Liebe zu Zumwalt nicht völlig zu verurteilen.

(erstmals in: »The Black Mask«, Nov. 1923, unter dem Titel »It«)

Nachbemerkung

Dashiell Hammett war ein Mann vom Fach – als junger Familienvater arbeitete er in San Francisco für die Pinkerton-Detektivagentur, mußte seinen Job aber schließlich an den Nagel hängen, da seiner angeschlagenen Gesundheit die zugigen Hauseingänge, in denen er sich als Pinkerton-Mann immer wieder herumzutreiben hatte, überhaupt nicht bekamen.

So verfiel er aufs Schreiben, zunächst als Werbetexter, dann als Verfasser von Kurzgeschichten. 1922 erschien seine erste Story »The Parthian Shot« im *Smart Set*. Bis zum schriftstellerischen Durchbruch mit seinem Roman »Red Harvest« (Rote Ernte), der 1929 bei Knopf in New York erschien, schrieb und veröffentlichte er mehr als fünfzig Kurzgeschichten in Zeitschriften und Magazinen wie *The Black Mask*, und erst mit dem Erscheinen seines fünften und letzten Romans »The Thin Man« (Der dünne Mann) im Jahre 1934 ging auch seine Story-Produktion zu Ende. Bis zu seinem Tod 1961 sollte Hammett, sieht man von dem Fragment »Tulip« einmal ab, keine neuen Geschichten oder Romane mehr schreiben. Knopf und später

Random House warteten vergebens auf einen neuen Malteser-Falken.

Etliche von Hammetts Stories erschienen in den Vierzigern, Fünfzigern und nach seinem Tode noch einmal neu und mitunter mit geändertem Titel in verschiedenen Buchausgaben, wie auch seine Romane immer wieder neue Ausgaben erfuhren, zum Teil als Zweier-, Dreier-, Vierer- oder Fünfer-Omnibus.

Der Nachwelt hinterließ Hammett neben seinen Romanen und Geschichten leider auch einige ungeklärte Verhältnisse: Wer nun was genau von ihm erben sollte, blieb lange strittig. Zwar verschwanden vor allem seine Romane deswegen nicht über Nacht aus den Regalen der Buchhandlungen, sondern fanden im Gegenteil eine immer größere Verbreitung und wurden in mehr und mehr Sprachen übersetzt, ein guter Teil seiner Geschichten jedoch fiel zunächst einmal durch den erbrechtlichen Rost – bis schließlich der gordisch-juristische Knoten durchschlagen wurde und die zum Teil schon fast verloren geglaubten Geschichten 1987/88 zunächst in Frankreich und in französischer Sprache neu herauskamen, wo ein findiger Anwalt – im Besitz der alten Ausgaben – die Klärung der Situation vorangetrieben hatte.

Der Hoffmann und Campe Verlag hat sich daraufhin die Rechte an den bislang in Deutschland noch unveröffentlichten Geschichten gesichert und über den Umweg Paris Zugriff auf die Originaltexte erhalten, die mittlerweile allerdings größtenteils auch wieder in Hammetts Heimat, den USA, verfügbar sind. Einzelne dieser Geschichten – in diesem Band sicher »Wem das Glück lacht...« – zeigen noch Schwächen, sollen als Frühwerke des späteren Klassikers hier aber nicht ausgespart bleiben.

Nach »Der Komplize« (1989) ist »Der schwarze Hut« der zweite von mindestens drei Bänden bisher noch nie auf deutsch veröffentlichter Hammett-Stories, die, soweit es sinnvoll erschien, in Anlehnung an die Original-Sampler, die als Übersetzungsgrundlage dienten, zusammengestellt wurden. Band III kommt im Frühjahr 1991 heraus, ein zusätzlicher Band, für den noch nicht alle Originale vorliegen, möglicherweise ein weiteres Jahr später. Geplant sind darüber hinaus noch mindestens zwei Bände mit hierzulande seit langen Jahren vergriffenen Geschichten, die vornehmlich in den sechziger Jahren bereits ein erstes Mal auf deutsch herausgebracht wurden.

Hamburg, im Frühjahr 1990

AMERIKANISCHE LITERATUR

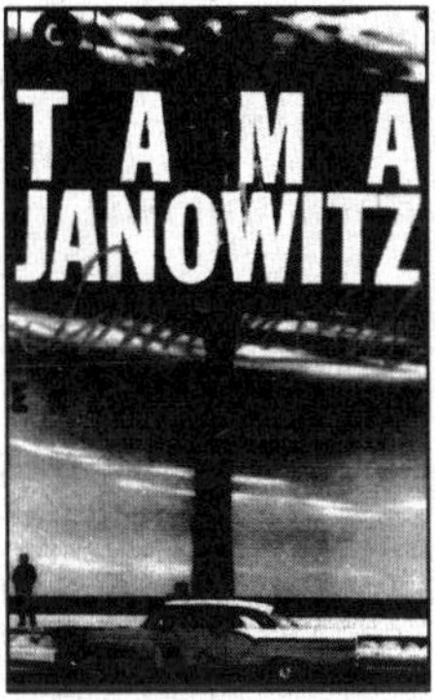

Tama Janowitz
Sonnenstich
9554

Alice Hoffman
Die Nacht der tausend Lichter 9378

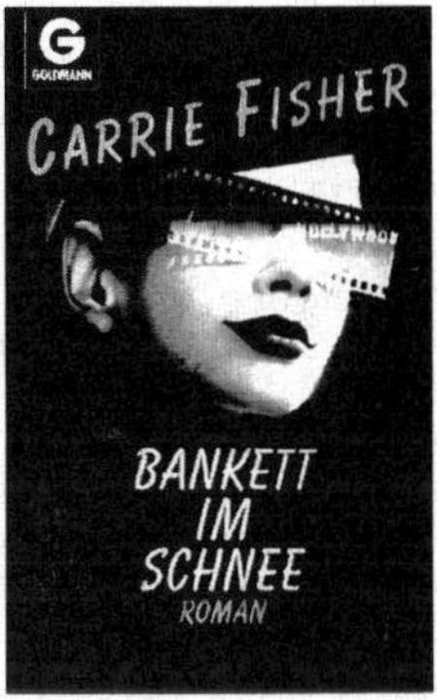

Carrie Fisher
Bankett im Schnee
9310

Kaye Gibbons
Ellen Foster
oder Tausend Arten,
meinen Vater zu töten
9477

Madison Smartt Bell
Ein sauberer Schnitt
9635

David Feinberg
Abgestürzt
9564

GOLDMANN